講談社文庫

アロワナを愛した容疑者

警視庁いきもの係

大倉崇裕

講談社

目次

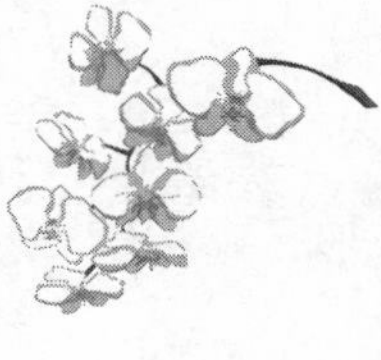

アロワナを愛した容疑者

警視庁いきもの係

タカを愛した容疑者

一

須藤友三《すどうともぞう》には予感があった。

寒風が容赦なく吹きつける日比谷《ひびや》公園を歩きながら、木立の向こうにそびえる警視庁本庁舎を見上げる。

ＪＲ有楽町《ゆうらくちょう》駅から、桜田門《さくらだもん》まで歩く。職務復帰に向けて始めたリハビリの一つだった。今は十分に体力も回復したが、一度身についた習慣はそう簡単に変えられない。日比谷公園を抜け桜田門へと出るコースには、愛着すら感じている。

理由は様々なのだろうが、朝、日比谷公園を歩き官庁街へと向かう者は多い。何度か見かけて顔を覚えてしまった者さえいる。捜査一課時代、自宅との往復は毎日違う道を使えと厳命された。決してパターンを作ってはならない。何事についても常に気を配り、待ち伏せ、先回りをされるような無様《ぶざま》な真似《まね》だけはするな——と。

須藤は首をすくめ、マフラーに顔をうずめる。そんな心配は、もはや無用だ。自分は一課の刑事ではないし、もう第一線で体を張れる年齢でもない。慣れた道、慣れた時間に、安心を覚えてしまう。

桜田門側へと通じる出入り口が近づいてくる。ふと気がつくと、須藤の周りには人がいなくなっていた。

予感は的中だ。

目を上げると、遥《はる》か向こうに灰色の男が立っていた。ロングコートに身を包み、須藤と同色のマフラーに顔をうずめている。男の周りには、冷気が宿っていた。最低気温二度と冷えこんだ都心の空気よりさらに低い、暗い冷気を男はまとっていた。

鬼頭《きとう》管理官だ。肩書こそ管理官であるが、その実、陰の総監とささやかれるほどの権力を持つ。警視庁、いや、日本警察きっての切れ者と言っていいだろう。

鬼頭は植えこみの前に立ち、須藤がやってくるのを待っている。SPなどの姿はない——いや、須藤に察知されるようでは護衛失格か。

経歴や背景に謎《なぞ》が多く、それでいて多くの難事件解決に関わった人物として、鬼頭を狙《ねら》う者は多い。先般の「ギヤマンの鐘」事件は象徴的だった。そんな鬼頭が、一般人が出入りする、しかも見通しの良い公園に一人立つなど、通常では考えられないことだ。

だが、それがまた鬼頭のやり方でもある。

須藤は歩調を変えぬまま、ゆっくりと彼の前に立った。

「ごぶさたをしています」

返事はない。これもいつものことだ。須藤は黙して言葉を待つ。

「活躍は聞いている」

「ありがとうございます」

「『ギヤマンの鐘』の動きが活発化している」

「本部の強制捜査で、息の根を止めたのでは？」

「そう簡単に潰《つぶ》せる相手ではない」

「また何か企んでいるとでも？　もしかして管理官の命？」

「いや。今回は私ではない」

鬼頭は暗い目で須藤を見つめた。

「君たちだ」

面と向かって言われても、驚きはなかった。それどころか、心のどこかで、こうなることを覚悟していた。

「蜂《はち》の一件では、ヤツらに煮え湯を飲ませましたから」

「薄巡査《うすき》は？」

「長期の休暇中です」

「所在地は把握しているのだろうな」

「はい。ただ、何をしているのかまでは……」

「連絡を絶やすな。十分に気をつけろ。薄巡査には、護衛を送る」

「その必要はないかと。あいつの能力は一個師団並みです」

鬼頭の口元から、「フー」と空気がもれるような音がした。

もしかして彼は今、笑ったのだろうか。

鬼頭はくるりと背を向ける。

「教団への捜査は、現在も行っている。だが油断するな」

「はい」

須藤は灰色の背に向かって敬礼をする。

鬼頭の足元を飾るのは、磨《みが》き上《あ》げられた革靴だ。冬晴れのまぶしい日に、かかとがキラリと光る。凍《い》てつく空気の中に溶けこんでいくかのように、彼の姿はすぐに見えなくなった。

「寂《さび》しいわねぇ、須藤さんも」

田丸弘子《たまるひろこ》のそんなつぶやきを聞くのは、今日で何回目になるだろうか。彼女がいれてくれた香ばしいほうじ茶を口に含みながら、須藤はため息混じりに考える。

「別に、寂しくなんかないですよ」

そう答えるところも、いつもと同じだ。

「そんなこと言ってぇ。薄ちゃんがいないと、お仕事の依頼もさっぱりじゃないですか」

「偶然ですよ。もともと、動植物管理係の仕事はそうしょっちゅうあるものでもないんです。最近は少し名前が知られてきたから、ちょいちょいお呼びがかかりますが、それでも、二週間に一度、あるかないかです。薄が休暇を取って三週間ですか。その間、一件も依頼がないからって……」

自分が喋《しゃべ》りすぎていることに、ようやく気がついた。慌《あわ》てて口を閉じたがもう遅い。弘子はしてやったりの笑顔とともに、自分のデスクへ戻っていく。

やれやれ。須藤は窓の外に広がる風景に目を移す。法務省庁舎の向こうには日比谷公園。左手には皇居が広がる。

たしかに、ここまで暇だと自身の存在に疑問すらわいてくる。

猿でも判《わか》るパソコンシリーズ、それに続くスマートフォンシリーズもすべて読みきってしまったし、気になっていた最新科学捜査読本、鑑識の基礎知識も読破した。本棚には、薄の推薦で購入した動物関係の本も多く並ぶ。しかし、本棚の本と知識がいくら増えたところで、須藤の渇きは癒《い》えない。

現場に出たい。そんな衝動を、今も抑えきれずにいる。平静を装っているのも、そろそろ限界だった。無論、弘子にはとっくに見透かされている。

長い一日の始まりか。

須藤の携帯が震えた。登録していない番号からの着信だった。

「はい」

「俺だ」

「誰だ？」

「だから俺」

「だから誰」

「日塔《にっとう》だ！　このバカ」

「見知らぬ番号からの電話に、こちらから名乗るほど俺は自信家じゃない」

「けっ、かっこつけてんじゃねえよ」

「それより何の用だ？」

日塔が自分の携帯を使わず、わざわざ別の番号から連絡してきた。訳《わけ》ありに決まっている。

「仕事だ」

「なら、どうして正規のルートを使わない？」

「ごちゃごちゃ言わず、俺の言う場所に来い」

日塔が口にした住所を聞いて、須藤は眉《まゆ》をひそめる。

「おい、そこって……」

「何も言うな。芦部《あしべ》も使うな。おまえ一人で、電車を使って来い。いいな」

「芦部もダメなのか？　でもあいつは、もともとおまえの部下だろう？　一緒に動いているんじゃないのか？」

「芦部には、都内を適当に走らせている。陽動だよ。その隙《すき》に、おまえは本部を出ろ」

通話は切れた。物々しいことになってきた。須藤は立ち上がり、かけてあったコートに手を伸ばす。コートがない。見れば、弘子がドアの脇《わき》でニコニコと微笑《ほほえ》んでいた。手にはコートがある。弘子に着せてもらい、須藤はドアを開いた。

「では、行ってきます」

「はい、行ってらっしゃい」

二

JRに乗り四十分。そこからバスでさらに一時間半。二時間以上かけやってきたのは、山梨《やまなし》との県境に近い、山間の田舎町《いなかまち》だった。道路はきちんと整備され、コンビニなどもあるが、広大な畑の合間に点在する民家、すぐ傍《そば》にまで迫る山々、都心に比べ数度低い気温に、須藤はただ呆然《ぼうぜん》と晴れた空を見上げるばかりだ。今朝、日比谷公園で同じように空を見上げてから、まだ数時間しかたっていない。頭上を鳩《はと》の代わりに、名前も知らぬ野鳥が荒々しい声を上げながら、羽ばたいていった。

細い道に人通りはなく、無論、車の姿もない。ここまで乗ってきたバスはどこに消えたのだろうか。もっとも、乗客は須藤以外、一人もいなかったのであるが。

「……さーん」

名前を呼ばれたような気がした。耳をすます。山々を吹き渡る風の音しかしない。

「す……さーん」

いや、たしかに聞こえた。幻聴などではない。あれは……。

百メートルほど先にあるヤブの中から、突然、薄圭子《けいこ》が飛びだしてきた。灰色のツナギのような服を着て、こちらに駆けてくる。履いているのは泥だらけのスニーカー、両手には黒ずんだ軍手をはめている。髪は乱れきっており、頬《ほお》と鼻の頭に細かなひっかき傷がついていた。

薄の足は速い。瞬《また》く間《ま》に須藤の前まで来ると、ぴしりと敬礼をしてみせた。

「お久しぶりです!」

「あ、ああ……」

それ以外、言葉が見つからない。

「どうしたんですか? こっちに来るって聞いてびっくりしてたんですよ」

「あ、ああ……。日塔に言われてな」

あたりを見回すが、日塔の姿はない。代わって薄が答えた。

「日塔さんなら、警察署に行ってます。ここから車で三十分くらいかかるかなぁ。そこに捜査本部があるので」

「老人が殺された事件だって聞いているが」

「すごい須藤さん、ちゃんとチェックしているんですね。独居老人撲殺事件捜査本部。かんぴょうです」

「戒名《かいみょう》な。警視庁管内だけじゃなく、全国で起きた事件についても、ひと通り確認することにしている。何しろ暇……いや、何でもない」

薄はくしゃくしゃの髪を整えようとしているが、手ぐしでどうにかなるレベルではない。よけいに乱れ、もはや男女の区別すらつかない有り様だ。だが、それでこその薄圭子だ。

いつも通りの様子に、須藤は安堵《あんど》する。

「休暇中とはいえ、たまには連絡くらい寄越せよ」

「でも、忙しくて。朝起きて、夜寝る生活でしたから」

「普通じゃないか」

「私がいまいるのは、携帯の電波もとどかないところなんです。とっても静かだったんですけど、日塔さんが来てから、何だかやかましくなっちゃって」

須藤はもっとも気になっていた点を尋《たず》ねる。

「そこなんだが、日塔が殺人事件の担当になるのは判る。捜査一課なんだからな。判らんのは、なぜおまえを訪ねたかだ」

その辺の詳しいことを、日塔は何も口にしなかった。

「今回の事件、何か動物絡《がら》みなのか？」

「絡んでなんかいませんよぅ。蜘蛛《くも》じゃないんですから」

「そうじゃない。動物が関係しているのか？」

「いいえ、関係していません」

「なら、どうして、俺を呼んだ？」

「そんなに悩むことじゃないですよ。もっと簡単なことです。私が容疑者だからです」

「あぁ、なるほど……あん？」

「須藤さん、甘いものは嫌いでしたよね」

「餡《あん》じゃない。あん。判る？」

「判りません」

「やっかいだな」

薄の目が輝く。

「どこです？　そんな貝、聞いたこともありません。新種なら大発見ですよぉ。学名に須藤さんの名前がつきます。美味《おい》しい貝だったら、フランス料理のメニューにも載るかも。スドーのステーキ、スドーのムニエル」

「いいよ、載らなくて。そんなことより、どういうことだ、容疑者って」

「須藤さん知らないんですか？　容疑者っていうのはですね、そもそも……」

「説明せんでいい。知ってるから。だから、ね、どうして、薄、おまえが、容疑者に、なっちゃったの？」

「被害者の方が亡くなる少し前、ビンビンになって私のところに来たからです」

「何だと？」

「あれ、瓶《びん》じゃない。あの……須藤さんがよく言ってますよね。捜査でものを言うのは、刑事の……」

「勘か？」

「そう、瓶じゃなくて缶！　カンカンになって私のところに来たんです。そのあと、遺体で見つかったので……」

「なるほど。被害者と諍《いさか》いがあったから……」

「たしかにイカにも繁殖期はありますが、さかったりはしないと思います」

「イカのさかりじゃなくて、いさかいだ」

「知ってます？　イカの生殖器は足の一本の先端にあり、それは交接腕と言ってですね」

「いい加減にしろ」

「イカ！　須藤さん、座布団」

「いいから」

「イカ！　すごい！　止まりませんね」

頭を抱《かか》えたとき、猛スピードでやってくるパトカーの姿が目に入った。助手席に乗っているのは、日塔だ。かつてはでっぷりと太り、脂《あぶら》ぎった巨漢だったが、何を思ったかダイエットに励《はげ》み、かつての面影《おもかげ》はない。まあ、だからといって、美男というわけではないが。運転しているのは、最近、日塔の下に配属された桜井《さくらい》という若手だ。能力は未知数だが、日塔とは妙に相性がいいらしい。こちらはすらりと背が高く、顔立ちも整っている。イケメンの範疇《はんちゅう》に十分入るだろう。

ブレーキ音とともに停車したパトカーから、日塔が転がり出てきた。

「早かったじゃねえか。かわいい部下のためともなれば、鬼の須藤も駆けつけるってか」

「部下はみんな、かわいいもんだ。おまえだってそうだろう？」

桜井が意味ありげに、にんまりと笑う。日塔の鋭いビンタが飛んだ。

「気持ち悪い笑い方すんじゃねぇ」

「す、すんません」

そんなやり取りを見ていた薄が、笑顔で日塔に言う。

「でも日塔警部補、痩《や》せましたよねぇ。前は目つきも爬虫類《はちゅうるい》みたいだったのに、いまは哺乳類《ほにゅうるい》みたいです」

日塔の頬がほんのりと赤くなった。

「そ、そうか。哺乳類みたいか！」

桜井が耳元でささやいた。

「警部補、人はもともと哺乳類……」

「うるせぇ！」

再びビンタが飛んだ。

「痛《い》ってぇ」

「ゴチャゴチャ言ってると、てめえ、魚類にするぞ」

「意味判らんです」

これはこれで、良いコンビというのだろう。須藤は苦笑しつつ、日塔に言った。

「とにかく説明してくれ。どういうことなんだ、薄が殺人の容疑者って」

「ここじゃあ何だ。乗れ」

日塔は顎《あご》でパトカーを示した。須藤は薄とともに後部座席に乗りこむ。自分が容疑者になったようで、あまりいい気分ではない。まして、前に座るのは日塔だ。

一方の薄は、そんなことを気にしている様子もない。窓の外を眺《なが》めながら、野鳥を探している。

「この季節だと、あまり出てきてはくれないですよねぇ。カラスはいつも元気だなぁ」

パトカーが動きだす。須藤はきいた。

「どこに行くつもりだ？」

「このあたりには、密談する場所もない。薄が寝泊まりしている場所に行く。いいだろう？」

「はい、大歓迎です」

須藤は眉をひそめるしかない。

「薄、そう言えば、大体の住所しか聞いていなかったが、おまえ、どこに泊まっているんだ」

「この道の先です。友達の家ですけど」

言いたいこと、ききたいことが頭の中で渦をまき、整理がつかない。

「日塔、着くまで待てん。判っていることを教えてくれ」

「三日前、この先に住む出渕榮太郎《いづぶちえいたろう》、七十二歳が撲殺《ぼくさつ》された。殺害現場は自宅、ほら、そこだよ」

日塔が指差したのは、道沿いに建つ、あばら屋と言ってもいいボロ屋だった。木造の平屋だが、壁は黒ずんでいて、ところどころが裂けている。屋根の瓦《かわら》も半《なか》ば割れており、伸び放題の草木に取り巻かれ、どこまでが庭でどこからが家屋なのか、それすら判別できなくなっていた。

立入禁止を示す黄色いテープが張ってあるだけで人影はない。見張りの警官などもいないようだ。

「全身を殴られ、骨が砕《くだ》けていた。酷《ひど》い現場だったよ。動機は恨みだな」

パトカーはいったん徐行した後、また速度を上げる。

「生活保護を受けつつ、酒ばかり飲んでる偏屈な爺《じい》さんだったようだ。近所の評判も散々だった。ホームレスと自宅で酒盛りして真夜中に花火やったり、酔っ払って焚《た》き火《び》をしたり、警察にも何度か通報がいっている」

「一人暮らしだったのか？」

「ああ。両親は他界、弟が一人いたが、十年前に病気で死んだ」

「天涯孤独ってことか」

「いや、死んだ弟の息子、つまり甥《おい》が一人いる。その甥が発見者なんだよ。たまたま訪ねてきて、遺体を見つけた」

「たまたま？」

刑事の血が騒ぎ始める。

「それは少々、話ができすぎていないか？」

「俺たちだってそう考えたさ。だが、二人の仲はすこぶる良好だったらしい。偏屈な爺さんも、ただ一人の身内には優しかったようだな。一方で甥の方は、無頼《ぶらい》のおじに惹《ひ》かれるところがあった。二週に一度くらいのペースで訪ねては、一緒に酒を飲んでいたようだ。これは近隣住人の証言も取れている」

「仲が良かったからって殺さないとは限らんだろう」

「しかし、いくら掘っても動機がないんだ。被害者はあの通りの暮らしだ。財産なんてない。それどころか、甥はあの掘っ立て小屋を相続するんだ。売れる当てもないし、葬儀の費用や今後のことを考えると、けっこうな出費になる」

「アリバイはどうなんだ？」

「甥は山梨県に住んでいる。ここから車で一時間ほどだ。派遣社員として食品工場で働いているんだが、殺害時刻である三日前の午前二時ころとなると、はっきりしない。自宅で寝ていたってことでな」

「まあ、その時間だとそれが普通という気もするが……」

「甥はしばらく仕事を休んで、街のビジネスホテルに泊まるそうだ。遺体が戻ってきたら、葬儀もしなければならない。甥にとっておじの死は一文の得にもならなかったってことだ。ただもし、話がききたいのなら、いくらでも手配はする」

「被害者は近所の評判も悪かったんだろう。となると、動機を持つ者は、もっと近くにいるかもしれんぞ」

「それだよ。そこで真っ先に浮かんできたのが……」

日塔は助手席から振り返り、薄を指差した。

「てへへ」

舌をだす薄を須藤は苦々しく見つめる。

「喜んでる場合じゃないだろう。警察官が容疑者ってどういうことだ」

「私は何もしてませんよぅ。ただ、あの出渕さんって人がうちに怒鳴《どな》りこんできて、うちの一刀《いっとう》をメクソ……違う、ハナクソ……ええっと、ミミクソ……ボロクソ！　ボロクソに言うものですから」

一刀？　一刀ってなんだ？　須藤が尋ねるより早く、日塔のどこか得意げな声が響いた。

「状況は深刻だ。担当が俺でなかったら、とっくに任意で引っ張られている。実際、所轄の連中は、そのお嬢ちゃんを取調室に放りこもうとウズウズしてるんだ。このまだと、俺にも抑えきれん。そこで……」

「俺の出番か。ハズレくじの日塔に呼ばれるようじゃ、俺もおしまいだな。それで薄、詳しく聞こうじゃないか。被害者がなぜ、おまえのところに怒鳴りこんできたのかを」

パトカーが止まる。桜井がぼんやりとした調子で言った。

「つきましたぁ」

そこは先の道から一本入ったところにある、鬱蒼《うっそう》とした雑木林のはずれだった。木々の合間に未舗装の細い道が通じている。道の手前には「私有地につき無断立入禁止」と書かれた看板があり、さらにその脇には表札代わりと思《おぼ》しきポールが打ちつけられ、小さなプレートがかかっていた。プレートには「拝《おがみ》あざみ」とある。薄の友人の名前のようだ。

「それにしても何だここは。表札だけで、家なんてないじゃないか」

薄が口を尖《とが》らせる。

「茂みの向こうにちゃんとあります。ここは自然の宝庫なんです。スギだけじゃなくて、ナラやケヤキもアカマツも植わっているんですよ。そこにあるのは、ヤマトリカブト……」

「判った、判った。で、おまえが休暇を取ったのは三週間前、それからずっと、ここに滞在しているのか？」

「休暇の延長が認められれば、あと一週間くらいいたいんですが」

薄は生い茂る木々の間を、スタスタと抜けていく。雪こそないが、気温はかなり低い。

少し歩くとようやく、ロッジ風の建物が見えてきた。青い三角屋根にウッドデッキ、別荘地にあってもおかしくない外観をしている。

薄は言った。

「友人の自宅です。彼女は海洋学者なんですが、黒潮大蛇行《だこう》の調査をするため、海上保安庁と一緒にヵ月、海に出ています。その間、私が泊まることになったんです」

「そうか。学者さんか。そいつは大変だな。しかし……」

須藤はあらためて建物の周りを見る。そこにあるのは、やはり荒々しい自然だけだ。

「薄が泊まりこむ必要なんてないんじゃないか。警備会社にでも頼んだほうが……」

「そんなことをしたら、一刀が死んじゃいますよ」

薄が強い調子で言い返してくる。

「さっきもきこうと思ったんだ。おまえの言う一刀って何だ？」

「一刀は一刀です」

「いやだから、その一刀が判らないんだ」

「もう、しょうがないなぁ」

薄は建物を回りこみ、裏手へと向かった。それまで黙って後をついてきていた日塔が言う。

「俺たちはここで待っている。ゆっくり行ってこい」

須藤は薄の背中を追っていく。

「何だここは……」

そこには、芝生が敷き詰められた広大な土地が広がっていた。木々は一本もなく、奥に木造の小屋が一つあるだけだ。

「おい薄、あれは？」

弓状に曲がった鉄パイプが、敷地《しきち》の真ん中に立っている。

「ボウパーチですよ」

薄は答えたが、須藤には意味が判らない。

チリン。鈴の音が聞こえた。先にある小屋の中からだ。

薄は芝生の広場を横切り、小屋に近づく。鈴の音は不規則な間隔で続いていた。

このヒリヒリとする緊張感、どこかで……。須藤はすぐに思い当たった。毎回、警察博物館にある薄の部屋のドアを開けるときの感覚だ。中から何が飛びだしてくるのか判らない、好奇心と恐怖がないまぜになった、あの独特の感じ……。

チリン。

須藤は呼吸を整えつつ、小屋の前に立つ。

近くに寄ると、木を組んで作ったなかなか立派な建物だと判る。横開きのドアが一つあるだけで、窓はない。よく見ると、緩《ゆる》やかな傾斜の屋根上に、天窓のようなものが確認できた。

「急に顔をだして、びっくりさせないでくださいね」

薄がゆっくりとドアを開ける。須藤はおそるおそる、肩越しに中をのぞく。

チリン。

中は思っていたより明るかった。反対側の壁には、小さいながらも窓があり、そこから午後の柔らかい日差しが差しこんできている。

壁には半円形の出っ張りがあって、上部には人工芝が敷かれていた。その真下には底の浅い桶《おけ》がある。床には同じような桶がもう一つあり、水がはってあった。

部屋の真ん中には、先ほど庭で見た弓形の鉄パイプ、薄の言うボウパーチが一つ、やはり地面に直接、差しこんである。よく見ると、床にはコンクリートが敷かれていた。

そして、そのボウパーチの上に、一刀がいた。

まず目を惹くのが、鋭く尖ったくちばしである。先端が僅《わず》かに折れ曲がったそれは、黒々とした光沢を放っていた。次は目だ。丸く黄色い目は、ハンター特有の鋭さを持ちながらも、ぱっちりとしていてどこか愛嬌《あいきょう》がある。頭頂部から扇形に開いた尾羽根の先までは五十センチほどだろうか。腹の周りは白く、こまかな黒い筋が真横に入っている。

「一刀。オスのオオタカです」

薄の声を聞いて、ぴくりと頭を動かしたが、ボウパーチからは動こうとしない。初めて見る須藤の姿にも動じていないようだ。

チリン。

鈴が鳴った。鈴は一刀の尾羽根に取りつけられていたのだった。

「昼間は外にだしておくんですけど、私が出かけなくちゃならなかったので、ここに入ってもらいました」

須藤はオオタカの迫力に気圧《けお》されていたのだが、そんなことを悟られるわけにはいかない。平静を装いつつ、前に出ようとした。

「須藤さん、あまり近づかないでください」

薄が耳打ちしてきた。

「タカはああ見えて、神経質です。近づきすぎると、びっくりしちゃいます」

「神経質？　タカが？　あの見た目で？」

「まあ、一刀はインプリント個体なので、人には慣れています。少し時間をかければ、須藤さんでも受け入れてもらえると思いますよ」

「タカ目線だな」

「何でも人目線で語るのは、人間のおごりです。鷹匠《たかじょう》には、タカを主人だと思って仕えよ、という言葉もあるくらいです」

「鷹匠って言うと、あのタカを手にとまらせて飛ばしたりする、あれか？」

薄は肩を落とし、ヤレヤレとため息をついた。思わせぶりな態度が鼻についてイライラする。

「とまらせるとか簡単に言いますけれど、タカの体重はメスで一キロ近くになります。それを手の先で支え、しかも、タカの居心地が良いように、なるべく手ブレをさせないで維持しておく。これを据《す》えと言いますが、それがどれだけ大変なことか……」

「判った。鷹匠様については後で聞く。とにかく、おまえがここに長逗留《ながとうりゅう》しているのは……」

「引退してモンゴルに帰りましたよね」

「それは朝青龍《あさしょうりゅう》だ！　長逗留……つまり、友達が船に乗っている間、おまえが留守を預かっていると……」

「そんなもの、預かっていません。預かったのは一刀だけ……」

「いいから！　おまえがここにいるのは、タカの世話をするためなんだな？」

「はい、そうです」

「これだけのことをきくのに、どれだけかかるんだ」

タカがモゾモゾと動く気配がする。首筋のあたりに、鋭い視線も感じる。

『うるさい、静かにしろ』

そんなタカの声が聞こえたような気がした。

「それでこのタカ、一刀か、様子はどうなんだ？　元気なのか？」

「ええ、もちろんです」

「しかし、どうしておまえなんだ？」

「あざみさんは鷹狩りもする、ちょっとした有名人です。いつもは鷹匠の先生に世話をお願いするそうなんですが、今回はどうしても都合がつかなかったらしくて」

「それでおまえに？」

「はい。あざみさん、私と背格好が似ているんです。だから、一刀も馴染《なじ》みやすいかなって」

「タカにそんなことまで判るわけ……」

須藤は慌てて言葉を飲みこむ。少し前、薄とともにヨウムの世話をした。その際、ヨウムは飼い主の顔や服装、手つきなどをすべて覚えていると聞いた。神経質だというタカにも、同じ気遣《きづか》いが必要であることは十分あり得る。

「一刀のことはよく判ったよ。それで、今日の世話は終わったのか？」

「はい。基本的なことは。でも、後でちょっと試したいことがあるんです。あまり遅くならない時間で」

「判った。ではひとまず、出渕榮太郎さんのことについて聞こうか。それにしても日塔たち、どうして一緒に来ないんだ？」

薄が言う。

「日塔さん、昨日、一刀に凄《すご》まれちゃって、それ以降、近くに来ないんです」

あいつのことだ。一刀にいらぬちょっかいをだしたのだろう。いい気味だ。

一刀、よくやった。

心の内で賛辞を送りながら、鷹小屋から出た。一刀はこちらにはまったく関心を見せず、ただじっと鋭い視線を小屋の中に向けている。そこには威風堂々とした貫禄《かんろく》があった。

「タカってのは、何年くらい生きるんだ？」

「長いですよ。二十年以上とも言われます。ただ、鷹狩りなどで人が育てる場合、寿命は短くなってしまうようです。一刀は五歳です。一歳のときから、あざみさんと一緒にいるんですよ」

須藤は来た道を薄と戻る。日塔と桜井は家の玄関前にぼんやりと立っていた。

日塔は小屋の方を見ようともしない。よほど恐ろしい目に遭ったとみえる。全員で広々としたウッドデッキに出た。木目をいかした手作りと思われるテーブルと椅子《いす》が置いてある。気温は低いが日差しは強い。留守を預かる者がいるにしても、女性宅に入るのもためらわれ、その場所で臨時の会議を開くこととなったのだ。

まず、須藤が口火を切った。

「出渕榮太郎という、偏屈で鼻つまみ者だった老人が……」

薄がキッと須藤を睨《にら》む。

「私、鼻なんかつまんでいませんよ！」

「鼻つまみ者……つまり、嫌われ者だったたってことだ。その老人が殺害され、薄が容疑者になった。その一因となったのが、殺害前の口論。その原因が一刀だったと。その辺、詳しく説明してくれ」

日塔は短い足を組み、前髪をかきあげる。

「目撃情報などをまとめると、出渕老人は殺害される少し前、ここに来て薄巡査と激しい口論をした。内容は飼い犬の失踪《しっそう》だ」

「犬が走るのは当たり前じゃないか」

「疾走じゃねえ、失踪だ」

薄が盛大に手を叩《たた》く。

「須藤さん、私みたい！」

「得意げに言うんじゃない。おまえのせいだぞ」

俺の日本語までおかしくなってきた。帰ったら、日本語ドリルでもやってみるか。

日塔はニヤニヤしながら、話を続けた。

「出渕老人は小型犬を飼っていた。犬種はシーズーだったか。可愛《かわい》がっていたらしい。その犬が忽然《こつぜん》といなくなった。で、出渕氏が言うには……」

日塔は鷹小屋の方に意味ありげな視線を送った。

「あいつが狩ったんじゃないかって」

「何だと？」

「犬は昼間、家の外に繋《つな》いであったらしい。空からやってきたタカが、餌《えさ》として持っていったんじゃないかって……」

薄が拳《こぶし》でテーブルを叩いた。ものすごい衝撃だ。

「そんなこと、あるわけがない！　私はこの三週間、敷地外で一刀を飛ばしていません」

須藤はきいた。

「いやその前に、あのタカ、狩りができるのか？」

「できますよ」

薄は事も無げに言う。

「そ、そうなのか？」

「当たり前じゃないですか。きっちりと訓練されています。キジでもカモでもウサギでも、きっちり獲《と》ってきます」

日塔がしたり顔で言う。

「さすが日本の国鳥だな。力強い」

「いえ、日本の国鳥は獲物であるキジの方です。鷹が国鳥なのは、アメリカですね」

「なんと！」

「ハクトウワシです」

「それはワシだろう」

「ワシは鷹ですよ」

「いや、ワシはワシ……」

「タカもワシも同じタカ目タカ科です。ただし、全長五十から六十センチの小型のものをタカ、八十センチから九十センチくらいの大型のものをワシと呼ぶんです。そのほかにも、タカ目タカ科ノスリ属のノスリ、ハヤブサ目ハヤブサ科ハヤブサ属のハヤブサ、あとチョウゲンボウ……」

助けを求める日塔の目に応え、須藤は穏《おだ》やかに言った。

「薄、一刀君に話を戻そう。彼は本当に狩りができるのかな?」

「できますよ。本気になったら、小犬くらい一発で……」

「薄、それは俺たちの聞きたい答えじゃない」

「もちろん、鷹狩りの心得がある人がついていれば、そんなことは絶対に起こりません」

「しかしな」

日塔が言った。「目撃証言があるんだよ。河川敷《かせんじき》でタカが飛んでいるのを見たっていう」

須藤は出がけにざっと頭に入れた近隣の地図を思い浮かべる。

被害者出渕老人の自宅から歩いて五分ほどのところに、黒鍬川《くろくわ》が流れている。川幅はさほど広くはないが、河川敷は堤防とともに、市民の憩いの場として散歩道などが整備されていた。しかし、黒鍬川沿いは、人口の減少と高齢化の進行が激しい地域だ。冬は寒風が吹きすさび、夏は猛烈な日差しが照りつける。そんな場所に、わざわざ行こうとする者は少ない。結果、ひび割れた道は放置、付近の草木は手入れもされず伸び放題、という状態だ。それでも、日課の一つとして散歩やジョギングをする市民もわずかだがいる。

日塔は言った。

「先週と先々週の月曜日、河川敷でタカが舞っていたという証言が、近隣住人二人から寄せられた。この付近でタカを飼っているのは、ここだけだ。捜査本部が色めきたつのも判るだろう?」

須藤は薄にきく。

「先週、先々週の月曜日、おまえはどこで何をしていた?」

「ここで一刀の世話をしていました」

「一日中か?」

「はい。餌の確認——ヒヨコを生き餌《いえ》として与えています。あざみさんが懇意にしている養鶏場があって、そこが分けてくれるんです。そことやり取りしたり、小屋の掃除をしたり、一人でいろいろやっていました。一刀の面倒をみていると、一日があっと言う馬《うま》です。だけど須藤さん、馬が『あっ』って言いますか?」

「あっと言う『間』だ。おまえのは『う』が一つ多い。ええっと、何だっけ、アリバイだ！　つまり、両日ともおまえの無実を証言してくれる人はいないわけだ」

日塔は深刻な表情でうなずいた。

「目撃者がいないだけで、日常的にタカを放していた可能性も残るわけだ。その過程で、タカが犬を引っさらっていった可能性も……」

「そんなこと、するわけがありません。一刀は狩りができるとはいっても、それはあくまでも、語弊《ごへい》があるかもしれませんが、趣味としてやっているだけです。飼い主のあざみさんはタカを使った猟で生計をたてているわけではありませんから。そもそも、今の日本にそういう意味での鷹匠はいません。最後の鷹匠と呼ばれたのは武田宇《たけだう》市郎《いちろう》さんという方で……」

「鷹匠については、後で聞く。だが薄、一刀が犬を狩ることは可能なんだよな」

「はい。私が見たところでも、一刀の狩りの技術は相当なものですよ。タカと言っても、生まれながらに狩りができるわけではありません。あくまで本能に刷りこまれているだけです。ペアレントトレアードの場合は、親から狩りを学びます。インプリントの場合は、それを人の手で行うわけです。一歳未満のうちに教えこむのがベストと言われますが、もっと遅くても良い狩りをするタカはいっぱいいます。でも、教えないと、飛ぶことすらできない個体となってしまいます。一刀は一歳であざみさんに引き取られ、訓練を受けてきました。開始時期は少し遅めでしたが、立派なタカに成長しましたよぉ。黒鍬川の上流はカモが多くいます。狩猟ができる地域でもありますから……」

「ちょっと待て。長々と説明をしてくれたが、つまり、一刀は狩りが大いに得意で、しかも、黒鍬川で狩りをしているってことか」

「ええ、そうですよ」

「そうですよ、じゃない。それなら、俺が捜査官でも真っ先に疑うよ。一刀が犬を引っさらい、飼い主である出渕さんが怒鳴りこんできた。むかっときたおまえが、出渕さん宅に侵入し撲殺……」

そんな須藤に対し、薄は涼しい顔で言う。

「それは否定しません。出渕さん、頭から一刀が犯人と決めてかかっていて、保健所に連絡するだの、殺処分だの、もう言いたい放題。たかが人間の癖《くせ》に、何様だろうかと」

「人間様だよ！」

須藤はまたも頭を抱えたくなった。この様子では、出渕に対し、さぞ酷い物言いをしたのだろう。

日塔の顔には疲労の色がにじみ出ていた。

「そろそろ、俺の苦労も判ってくれたかな? さっきも言ったように、薄巡査をこうして野放しにできているのは、俺が体を張って止めているからだ。彼女がそんなことする人間でないことが判っているからな。しかし、地元の刑事たちは彼女のことを知らない。早く引っ張らせろと圧力をかけてくる。そろそろ限界なんだよ」

薄が口を尖らせながら言った。

「でも出渕さん、最後には判ってくれたんです。夜でしたけど、一刀の小屋まで連れていって、タカの生態についても説明しました。興奮はしてましたけど、最後には判ったって言ってくれて、一刀と私にすまなかったたって、謝罪までしてくれたんです」

「だがそれを聞いた第三者はいない」

「一刀が証人、いや証鳥ですよ。出渕さんが帰っていくときもぴゅーって鳴いて見送っていたんですから」

「タカが証人になるか」

「なりませんよ、だから証鳥です」

「証鳥なんてものは、この世にはない!」

車が止まる音がした。ドアが荒々しく開け閉めされ、複数の足音が近づいてくる。

茂みの向こうに、背広姿の屈強な男たちが三人、現れた。ひと目で警察関係者と判る。所轄の刑事課連中だろうと当たりをつける。日塔を見ると、小さくうなずいた。

三人の男たちは、険《けわ》しい表情のまま薄を睨みつけ、さらに、日塔を囲むようにして立つ。

「こんなところで、何をされているんです？」

年長と思われる、四角い顔をした白髪交じりの男が口を開いた。

若い桜井は三人の迫力に圧《お》され、椅子で縮こまっているが、こうした状況でもまったく物怖《ものお》じしないのが、日塔の生まれ持った才能だ。痩せたせいでやや迫力は失《な》くしたものの、獣じみた眼光は変わらない。

「容疑者である薄巡査に話を聞いている」

「それは、捜査本部で行われるべきものではないですか」

横に立つ血気盛《さか》んな若手刑事が興奮から上ずった声を上げる。

「我々に一言の断りもなく、いったいどういうつもりです」

日塔は立ち上がる。

「断りだと？　おまえ、いったい、誰に口をきいていると思ってんだ？」

その一言で、若手の反撃は終わった。代わって、その隣の巨漢が日塔の前に立つ。

「捜査一課のお偉い方に向かって、言ってるんですよ」

日塔は桜井に人差し指を向ける。

「おまえ、こいつに礼儀を教えてやれ」

桜井は整った顔に、薄い笑みを浮かべる。

「無理っす」

日塔のビンタが炸裂《さくれつ》した。

巨漢はそんなやり取りを無視し、今度は須藤を見下ろす。

「どちらさまで？」

「警視庁総務部総務課動植物管理係の須藤警部補だ」

巨漢の顔に蔑《さげす》みの表情が浮かんだ。

「ああ、いきもの係の。捜査一課の鬼と言われた警部補様が、部下のために不祥事隠《ふしょうじ》しですか」

須藤はゆっくりと立ち上がる。相手は須藤よりさらに頭一つ分、大きい。

「そいつは聞き捨てならないな」

「こんなところで、コソコソ話してんのが証拠だ。あんたの部下は人殺しの……」

須藤の前蹴《まえげ》りが、巨漢の股間《こかん》に命中した。巨漢は内股《うちまた》となり、切なそうな微笑みを浮かべ、その場にくずおれた。須藤は苦悶《くもん》する相手の顎を持ち、自分の顔を近づける。

「若造が、舐《な》めた口きくんじゃねえ。人生、もっと楽しみたいだろう？　ええ？」

巨漢は涙を浮かべながら、ハイ、ハイ、と二度うなずく仕草《しぐさ》を見せた。

須藤は手を離す。

「まだきっちりとした証拠もねえんだ。俺の大切な部下を犯罪者扱いするんじゃない」

年長の男は、もう少し老獪《ろうかい》だった。

「さすがは捜一さんだ。この男は柔道三段なんですがねぇ。あっさり金的を食らうとは。この件、すべて報告させてもらいます。我々もこのままでは、おさまりがつきません。徹底的にやらせてもらいますよ」

歩き去る三人を見送りながら、須藤は苦笑するしかない。

「上手《うま》くやられたかな。あいつら、俺たちにわざと手をださせたのかもしれん」

日塔は鼻を鳴らす。

「どっちでもいいこった。さて、薄巡査、いよいよ後に引けなくなっちまったぞ。これからどうする？」

「一刀を連れて、狩りに行きましょうか？」

須藤と日塔は顔を見合わせる。

三

チリン、チリンと鈴が鳴る。

薄の行く先々で、人々が足を止め、息を呑《の》む。驚きの向こうには恐怖があり、誰もが一定の距離を取る。薄たちが進むと、皆が下がる。彼らとの距離は付かず離れず、一定のままゆるゆると進んでいく。

薄のすぐ後ろを行く須藤は、人目にさらされるストレスに苛《さいな》まれつつ、同じ質問を何度も繰り返すのだった。

「なあ、薄、これで本当に犯人が捕まるのか？」

「ええ。多分」

チリン。

「多分？」

「大きな声をださないでください。一刀がびっくりするじゃないですか」

薄の左手には、一刀がいた。肘《ひじ》の先まである、分厚い手袋をはめた薄は、タカを拳の上にとまらせたまま、須藤が降り立ったバス停前を通り過ぎる。

尾羽根の鈴が鳴る。チリン。

「タカと聞いて日塔たちはどっかに行っちまうし……。それにしても薄、腕は大丈夫なのか？　そのぅ、タカの足ってのはものすごい力があるんだろう？」

「大丈夫です、このエガケがありますから」

「エガケ？」

「私がつけている手袋のことです。これ、手縫いなんですよ。よく見てください、表面に縫い目がないでしょう？　特別な縫い方があるんです。外に縫い目があると、タカの爪《つめ》が引っかかってしまいますから」

「もう一つ、バックパックから飛びだしている棒は何だ？」

薄はバックパックを背負っていたが、その口から細い鉄製の棒が天に向かって飛びだしていた。

「信号を受信するアンテナです。一刀には発信機が取りつけてあるんです。尾羽根の鈴がついている少し上のところです」

そう言われても、羽が邪魔して須藤にはよく見えない。

「かなり小型のものなので、出力はそれほど高くはありませんが。それでも、万が一、一刀が飛び去ってしまった場合は、それの発する信号を頼りに捜索します。どれだけ慣れているとはいっても、油断は禁物ですから」

「そうか……。しかし、おまえの格好、何だかタカを連れた宇宙人みたいだな」

そんな薄と一刀の姿を見つけ、コンビニや飲食店から、わらわらと人が出てくる。狭いコミュニティだ。出渕の件は当然大ニュースとなって人々の間を駆け回っているし、薄が被害者とタカのことで口論したという「噂《うわさ》」も広まっているはずだ。

そんな中を、当の薄が、しかもタカを連れて歩くのだから、人目を引かぬはずがない。

「なあ薄、わざわざこんなことをする必要、あるのか？　ものすごく、目立っているぞ」

「こうやって外の世界を連れ回すことによって、タカを慣れさせる意味もあるんです。据え回しとも言います。今回のこれは、ただの据え回しとはちょっと違うんですけど」

言われてみればタカは、人はもちろん、車を怖がったり警戒する素振りはみせていない。大型トラックが傍を通っても、平然としている。薄の言う通り、人だけでなく、人の世界に慣れているのだろう。

だが、それにしても……。

疑念を抱きつつも、薄の後に従う。こと動物に関して、薄が間違った判断をしたことはない。

拝の家を出て、すでに十五分ほど。薄はゆっくりと北に向かっている。

バス停前を過ぎた後、道を左に取り、民家もない道を進むと、川辺に出た。黒鍬川だ。事前に聞いていた通り、川幅、深さともにそれほどではないが、二段堤防が整備され、川沿いに遊歩道が伸びている。ただ、須藤の身《み》の丈《たけ》を超えるほどの草が生い茂っている場所もあり、お世辞にも美しい場所とは言い難《がた》い。川の水は綺麗《きれい》だが、河川敷にはヨシやシバ類が覇《は》を競うように伸び、水から離れたところには、ツツジやセイタカアワダチソウの群落などもあった。堤防近くには、ケヤキやムクノキ、クロマツなどが枝を伸ばし、もはや遊歩道というよりは、自然公園の趣《おもむき》である。もっとも、整備が行き届かぬため、枝や葉は道、堤防を大きく侵食しており、一帯には人を寄せつけない禍々《まがまが》しさのようなものさえあった。

木々に日が遮《さえぎ》られ、薄暗くなった道を、薄はずんずん進んでいく。

慣れているつもりでも、須藤の内心は不安でいっぱいだ。

そんなこちらの気持ちなど知らぬ顔で、薄は口を開く。

「さっきも言いましたけど、据えの訓練は大変なんです。水をいっぱいに入れた湯呑《ゆの》みを持って、ぐるぐる歩き回ったりするんですよぉ」

たしかに、薄の腰から上は、まるで動く歩道に乗って移動しているかのように、ほとんど上下動しない。タカも安心しているのか、丸い目でパートナーの薄の横顔を見つめている。

さらに五分ほど進んだところで、薄が足を止めた。

「須藤さんは、少し離れていてもらえますか」

ゆっくりと後退し、十メートルほどの間を空ける。薄はタカをとまらせたまま、じっとしている。生い茂る緑で、彼らの先に何があるのか、須藤には見ることができない。何が起ころうとしているのか。

サラサラと冷たい風が、あたりを吹き抜ける。傍にあるケヤキがざわりと揺れた。

それでも、薄と一刀は動かない。薄の髪がふわりと揺れている。

ふと、背後に人の気配を覚えた。茂みの中を何者かが近づいてくる。

今朝、鬼頭に言われたことが頭をよぎる。

――「ギヤマンの鐘」。

一刀がピクリと反応した。人の気配に怯《おび》えたのかと思ったが、そうではなかった。一刀の反応と同時に、薄の左手が大きくしなり、そのままサイドスローの投手のごとく弧を描きながら、前方へと振りだされた。薄の腕がピンと伸び切った瞬間、拳から翼をいっぱいに広げた一刀が飛び立った。驚くほどの速さだった。その姿は、あっという間に、草の向こうに消える。

須藤は慌てて薄に駆け寄った。

地が震えるほどの羽音が、前方より聞こえてくる。川辺のヨシの上を、カモが一斉に羽ばたいていた。その数、十羽《わ》を超える。

意外なことに、一刀は空高く飛び上がってはいない。川面《かわも》の方から、低空飛行でカモに近づいていく。二羽のカモがやや遅れていた。ほんの数秒であったが、その差は大きい。自然界では、一瞬の遅れが生死を分ける。右のカモが懸命に羽ばたき、高度を上げようとあがいていた。一刀のターゲットはその時点で決まっていたようだ。一気に高度を上げた。体全体を曲げ、太い足と鋭い爪をカモの腹に伸ばした。カモの軌道と一致している。

やった！

須藤がそう確信した瞬間、何かが一刀の集中を乱したようだ。くっと飛行角度を変えると、獲物であったカモから離れた。命を拾ったカモはすぐに仲間の群れと合流、日の光の中を飛び去っていった。

一刀は獲物を逃したくやしさを見せるでもなく、飄々《ひょうひょう》とした様子で翼を広げ、まっすぐに薄の元へと戻ってくる。一メートル以上はあろう翼を広げ、ふわりと薄のだした左拳に乗った。

薄は腰につけたポーチから、切り分けた生肉をだし、一刀に与える。鋭いくちばしでヒョイとつまむと、実に優雅な様子で食べる。体は薄の腕に対してピンと垂直であり、尾羽根の先までの凜々《りり》しさは、門外漢の須藤でもため息をつきたくなるほどだ。

薄が須藤を振り返って言った。

「本当はあざみさんの留守中に狩りをするつもりはなかったんです。一刀への備えもしていなかったので、かわいそうなことをしちゃいました」

「それにしては、見事だったじゃないか。感服したよ。もっとも、ここに来たのは、別に獲物をとるつもりじゃなかったんだろう?」

「さすが、須藤さん!」

「それじゃあ、説明してくれ。そこの茂みに隠れているのは、誰なんだ」

須藤が目を向けた先には、キャップを目深《まぶか》にかぶった若い男が、怯えた表情でしゃがみこんでいた。

四

男は惚《ほ》れ惚《ぼ》れとした目で一刀を見つめながら、黙って須藤たちの後についてきた。

薄は川沿いの荒れた道を、やはり一刀を左拳に乗せたまま、歩いていく。

「行きと帰りは違う道を通る方がいいと教わりました。その方が、タカの刺激にもなるそうです」

茂みの中を歩きながら、須藤はふと周囲の静寂に気がついた。木々を渡る鳥の姿や囀りがぱたりと止《や》んでいたのだ。川面にも、鳥の姿はなくなっている。

「薄、もしかして、みんな、一刀の存在が判るのか？」

「そりゃ判りますよ。彼らも、生きるために必死ですから。私が以前いた狩り場では、私が一人で歩いていても、みんな、姿を隠してしまいました。私とタカをセットで記憶していたんです」

「鳥にもそれだけの頭があるんだな」

「須藤さん！　それは鳥に失礼ですよ。さっきのカモたちだって、ちゃんと猟期が判っているんですよ。禁猟期間中、無警戒に餌を食べていたカモの姿が、猟の開始とともにすべて消えたりします」

「うーむ、にわかには信じられん」

「そうですねぇ。ワニやカニにとっては、信じられない世界でしょうねぇ。でも、ワニは川辺では無敵ですが……」

「カニはともかく、ワニなんて一言も言ってないだろう！」

「え？　に・わ・カニ・は……、ホントだ！　ワニ、いない！」

薄に同調するかのように、一刀が「ピュー」と鳴いた。

薄は言う。

「あまり鳴かないタカの方が、猟には向いています。鳴いて獲物に逃げられては、意味がないですから。その点、一刀はとても優秀です。狩りの前には絶対に鳴きませんから」

そんな薄の言葉を、横で男はふんふんと興味深げに聞いている。

須藤は男に言った。

「そろそろ、何か話してくれてもいいんじゃないか？」

男の様子などから、「ギヤマンの鐘」関係者でないことはすぐに判った。それでも、こんな場所に一人でいること自体が大いに怪しい。問い詰めようとしたものの、オドオドとした様子でうつむくばかりだ。そんな中、薄がやさしく声をかけた。

「タカが見たかったんでしょう？」

男は勢い良くうなずき、茂みから出てきた。そして、何も言わぬまま、須藤たちの後ろに付き従っているというわけだ。

「さっき、カモを獲るの失敗しちゃってましたけど、あれって、ぼくのせいですか？」

薄が明るく答える。

「うーん、どうでしょうか。今も言ったように、生き物たちは必死ですから」

判ったような判らないような答えだが、男は素直に納得したようだ。顔つきも心なしか明るくなってきた。

「拝さんが狩りをしているところ、遠くから見てました。こんな近くで一刀と会えるなんて……」

男は少年のように微笑む。薄が言った。

「このあたりに住んでいるんですか？」

「はい。ここから車で五分くらいです。あ、ぼく、中本裕也《なかもとゆうや》って言います。二十歳超えてるんですけど、いま、働いてなくて……」

「タカに興味があるんですか？」

返事はなく、中本は急に思い詰めたような顔つきになり、足を止めた。そんな中本を、薄と一刀がじっと見つめる。

こうなると、自分のできることはない。須藤は少し離れた場所で、成り行きを見守ることにした。

まもなく、中本が言った。

「あの……一刀を小屋に戻したら、ぼくの家に来てもらえませんか？」

中本の家は、拝の家から徒歩で十五分ほどの場所にあった。街の中でも山が近く、より緑も深い。山肌に抱かれるような奥まった場所に、二階屋があった。築数十年の建物を、最近リフォームしたようで、壁は冬枯れの木々の中で、白くまぶしいほどに輝いている。

いったん拝宅に寄り、一刀を小屋に入れ、あらためて三人で出直した。

気温は低いが、空気は澄んでおり、かなりの距離を歩いたわりに、疲労は少なかった。

る。中本の表札がかかった門を入ると、右手に駐車スペースがあり、四駆が停《と》まってい
し、左手にある庭へと入っていく。家に入れてくれるのかと思ったが、中本は玄関前を素通り
川の遊歩道同様、かなり荒れている。庭といっても、手入れもされておらず、先の黒鍬
歩きながら、須藤は敷地内の気配を探った。ざわざわと下草をかき分け、中本の後に続く。
家に、一人暮らしをしているのか？　ほかに人のいる様子はない。これだけの
須藤は緊張に身を硬くする。この男、中本の言葉によれば、今は無職とのことだが。
い雑木林の中に誘いこまれては、助けを呼ぶこともできなくなる。そっと携帯を確認
すると、かろうじて電波はあった。

「さあ、ここです」

中本が足を止めたのは、家の真裏まで来たときだった。

そこは今までとは打って変わって、きちんと整備がされている。二十メートル四方
のスペースに芝生が敷かれ、その真ん中には拝の家にもあったボウパーチがある。

「こ、これは……」

同じだ。拝の家にあった一刀の訓練場とほぼ同じである。

広場の奥には、金網で覆《おお》われた小屋がある。そしてその中には、鋭い眼光を放つ鳥

が一羽とまっていた。

薄が顔を輝かせながら、低い声で須藤に言った。

「ハリスホークです！　和名はモモアカノスリって言うんです。タカ目タカ科に分類されるんですが、初心者にも比較的、飼いやすいと言われています」

体長は一刀と比べるとかなり小さめだ。四十五、六センチといったところか。頭から腹にかけては濃い茶色で、羽の先がわずかに白くなっている。特徴的なのは、黄色いくちばしと真っ黒で大きな目だ。見た目だけでも、オオタカとはかなり違う。

小屋の中には、鉄パイプを弓ではなく円形にしたものが置かれ、ハリスホークはその上で、やや落ちつかなげに、左右の移動を繰り返している。どうやら、見知らぬ人間二人が気になるようだ。

鳥の様子を察した薄はそれ以上近づくのを止め、中の様子に目を凝《こ》らす。

「今、三歳くらい？」

中本に尋ねる。

「はい。東京のペットショップで一目《ひとめ》惚《ぼ》れしちゃって、買ったんです。店長さんにいろいろ聞いて育ててたんですけど、去年、お店を閉めて引っ越しちゃったんです。それから後は、ネットとかで調べたり、本を読んだりして世話してるんですけど……」

「へぇ、すごいですねぇ。見たところ清潔だし、鳥の健康状態もいいようです。名前はあるんですか？」

「大五郎《だいごろう》って言います。本当は一刀みたいに狩りとかやりたいんだけど、訓練の仕方とか、判らなくて……」

「大五郎を、この家の外にだしたことは？」

「い、いえ、ありま……せん。いつもここで飛ぶ訓練とか餌を獲る練習とかするだけです」

須藤は中本の背後から尋ねた。

「ここで一人暮らしをしているようだが、ご両親はどうされているのかな？」

「二人とも仕事で海外にいるんです。ぼくも一緒に行くよう言われたんだけど、どうしても、行きたくなくて……」

中本は気弱そうに微笑み、うつむいてしまう。

この家と敷地は、親からの仕送りで何とかなっているのだろう。本人は無職で自宅にとじこもり、友達はこの大五郎……ということか。

「さっき、我々の後をつけてきたのは、一刀を見たかったからか？」

「はい。一刀を連れた二人が街を歩いてるって話を聞いたから、慌てて見に行ったんです。あ、あの、すみません、こっそりついていったりして」

薄の据え回しは、見事、目的を達したようだ。間近で見られない一刀を連れ回しているると聞けば、タカ好きならじっとしていられなくなる。薄は最初から、こっそりとタカを飼っている人間がいると推測していたのだろう。

「それは別に構わないさ。見るだけなら、いくら見てもいい。ただ……」

須藤は薄を見る。後は任せたという合図だ。薄も慣れたものである。すぐに会話を引き継いでくれた。

「大五郎を外で飛ばしていないと今言ったけれど、本当?」

中本はびくりと肩を震わせたが、そのまま押し黙ってしまう。薄は続けた。

「しっかりと飛ぶ訓練はしているようだし、大五郎はあなたをパートナーとして認めている。独学でここまで訓練したのは、すごいと思います。でも……」

「ぼ、ぼく、そんなこと、してませんよ」

「大五郎の首の付け根に、傷があります。手当はちゃんとしてあるようだけれど、あれは、ほかの鳥によってつけられたものです。おそらく、カラス。それと、尾羽根がけっこう傷んでる。あれは発信機を取りつけようとして、上手くいかなかったから。何度も試しているうち、羽が傷んでしまった。違いますか?」

中本の顔色がみるみる青ざめていった。

須藤は言う。

「一刀の扱いを見ても判るだろう。薄の目はごまかせない。話すことがあるのなら、今のうちに全部、言ってしまうんだ。逮捕したりとか、絶対にしないから」

中本は潤《うる》んだ目で、大五郎を見る。

「どうしても、狩りをやってみたかったんです。ぼくの言うことならちゃんと聞くし、ルアーの訓練だって毎日やったんだ。だから、絶対、大丈夫だと思って……」

薄が深くうなずきながら言った。

「判ります。私にも覚えがあるから。私の場合は師匠がいたから、そんなことできなかったけど」

「猟ができる期間になったから、何度か川沿いの場所に大五郎を連れていったんです。ばって飛び上がって、悠々と空を飛んで、すごく格好良かった。でも、狩りの方は全然だめだった。四日前、いつもと同じように飛ばしてたら、カラスが来た。大五郎はカラスに向かっていったんだけど、あっさりかわされた。気がついたときには、仲間のカラスがいっぱいやってきて、大五郎を威嚇《いかく》し始めたんだ。ぼくがいくら呼んでも、大五郎は戻ってきてくれなくて、それで……、一羽のカラスに首をやられたんだ」

須藤は薄と顔を見合わせる。

「なるほど。君は定期的に、川沿いで大五郎を飛ばしていた……。つまり、皆が川で見たタカというのは、一刀ではなく大五郎だったことになる。そして、出渕氏の犬をさらったのも……」

中本が首を左右に振りながら、叫んだ。

「違う。大五郎じゃない。そんなこと、大五郎はしていない！」

「いや。しかしな……」

「中本さんの言っていることは、真実だと思います」

須藤を薄が止めた。

「何だと？」

「いくら小犬とはいえ、今の大五郎に狩りは無理だと思います。もっとしっかりと時間をかけて教えこまないと、犬どころかネズミ一匹獲れないです」

須藤と中本は同時にうなだれた。

「そんな……」

特に、中本の落ちこみようは激しい。

「大五郎……」

「あざみさんが帰ってきたら、相談してみるといいですよ。先生を紹介してくれるか、自分で教えるか、してくれると思いますから」

「ほ、本当ですか？」

「こんな近くに住んでいるんだから、もっと早く訪ねてみればよかったのに」

「何度も考えたんですけど、ぼく、あまり近所の評判が良くないじゃないですか。仕事もせずブラブラしているだけだし。だから、大五郎を飼ってることも、人に言えなくて……」

「自分のことより、タカのことを一番に考えて。タカに仕えよ。いい？」

「はい、判りました」

頭を下げる中本に薄は微笑む。

「さあ須藤さん、解決です。帰りましょう」

「解決って何が？」

「決まってるじゃないですか。一刀への濡《ぬ》れ衣《ぎぬ》ですよう。一刀は今日まで、敷地の外に出ていないことが証明されたんですから」

「残念ながらダメだ。目撃されたのが大五郎だったとしても、一刀が犬をさらっていない証明にはならない」

「そんなぁ」

「だが薄、俺はおまえを信じるぞ。おまえが世話をしていた一刀が、外で犬をかっさらうとは思えん」

「でも、犯人は大五郎でもありません」

「そうなんだ。となると、問題は一つ。犬はどこに消えたのか。調べてみる価値はある」

五

黄色いテープをくぐり、雑草の生い茂る玄関前に立つ。殺人現場となった出渕榮太郎の自宅は、わずかな風にも、ギシギシと不穏な音をたてる。車で通ったときには気づかなかったが、窓ガラスはほとんどが割れ、あるものはテープで無理やり留《と》めてあり、またあるものはベニヤ板を貼《は》ってしのいでいる。

玄関扉の脇に、犬用の餌皿が一枚、ひっくり返っていた。薄はそれを取り、地面に置き直す。

「姿を消して、七日……うーん」

須藤は薄とともに、家の中に入る。竜巻でも発生したのかと思うほどの荒れようだった。

部屋の間取りは十畳ほどの部屋が一つ、北側に流し台があり、そのすぐ横がトイレ、風呂《ふろ》場になっている。もともとは二部屋に分かれていたものを、出渕が壁をぶち壊し、一部屋にしてしまったようだ。

須藤は唖然《あぜん》として、室内を見回す。数々の現場を見てきた須藤にとっても、驚きの部屋だった。

真ん中に折りたたみ式の丸いちゃぶ台、壁際に十四インチのブラウン管テレビ、そして、一人用の小型冷蔵庫。目についたものは、その三つだけだった。後はすべてが入り混じり、どれが持ち物でどれがゴミなのか、判断がつかない。酒の空き缶、空き瓶が床を埋める勢いで転がり、ツマミ類の袋が散乱している。中身が詰まったゴミ袋が多数、流しの下に積まれ、異臭を発し始めていた。

そんな、ただでさえ混沌《こんとん》とした室内に、おびただしい血痕《けっこん》が飛び散っているのだ。飛沫《ひまつ》血痕は天井にまで及び、ぶら下がっている照明の電球にもべっとりと付着していた。遺体があったのは、丸いちゃぶ台のすぐ脇、仰向けの状態であったという。

須藤は日塔からもらったファイルを開いた。真っ先に飛びこんでくるのが、遺体の写真だ。右のこめかみに大きなへこみがあり、右側部分は血に染まっている。生前の被害者は髪を伸ばし、髭《ひげ》も伸ばし放題であったらしい。白い髪や髭は、どす黒い血がこびりつき、遺体の肌に付着していた。さらに、凶器によって何度も殴打されたのだろう、腕も足もおかしな方向に折れ曲がり、シャツの合間からのぞく右脇腹《わきばら》にも殴打痕が生々しく残っている。

新人の警察官なら、間違いなく吐《は》くだろう。ベテランでさえ、夢でうなされそうなレベルだ。

一方、薄は平然とした様子で、ゴミの山へと分け入っている。

「須藤さん、凶器は雪かき用のスコップでしたよね」

「そうだ。玄関脇に放りだしてあったものを、犯人が使ったんだ」

「凶器は現場に残っていたんですよね」

「ああ」

写真に写るスコップにはあちこちにへこみができ、どす黒い血がこびりついている。

「散々、殴りつけた後、遺体の脇に捨てていったようだ」

「指紋はどうなんですか？」

「被害者のものも含め、複数見つかっているらしい。凶器だけじゃない、部屋中のものに複数人の指紋がついている」

「被害者はホームレスの人とかを呼んで、酒盛りをしていたんですよ。そのときについたんでしょう」

「だろうな。発見者である甥の指紋も見つかっているが、彼は何度もここを訪れている。見つかっても、不思議ではない」

「指紋から犯人を辿《たど》るのは、難しそうですね」

「日塔たちも同じ意見だ」

薄はうなずくと、ゴミをかき分けながら、床でゴソゴソと何かを探っている。

「薄、何をしているんだ？」

「犬の痕跡《こんせき》を追っています。被害者は犬を室内で放し飼いにしていたようです。あちこちに毛が落ちています。排泄物《はいせつぶつ》の跡はないから、トイレトレーニングはきっちりとしていたようですねぇ」

「生活はこの通りだが、犬の世話やしつけだけは、ちゃんとやっていたってことか？」

「そのようです。可愛がっていたんですねぇ」

「その犬がいなくなったら……」

「もうパニックですよ。あっちこっち探し回るでしょうねぇ」

「だろうな」

「でも、被害者は殺されたときお酒を飲んでいたんですよね」

須藤は慌ててファイルをめくる。

「ああ。血中のアルコール濃度は高めだ。泥酔というほどではないが、ビール三本以上」

「愛犬が行方不明ってときに、いくら好きだからって、お酒を飲みますかねぇ。外の餌皿もほったらかしのようでしたし。私なら、いつ帰ってきてもいいように、餌を入れて、玄関前の目立つところに置いておきますけど」

「そうだな……薄、何が言いたいんだ？」

「その資料を読む限り、どうも、一致しないんですよねぇ。私のところに怒鳴りこんできた人と、この家の持ち主が」

「それは、どういう意味だ？」

「被害者は本当に犬を可愛がっていたのでしょうか？」

「まあしかし、いくらかわいい犬とはいえ、この寒さの中、夜通し探すわけにもいかない。ここで一杯飲んで温まるくらいのことは、あるんじゃないか？　餌のことも、そこまで考えが回らなかったとも考えられる」

「でもこれ」

薄が示したのは、床に放りだされたスーパーの袋だ。積み上げてあった古雑誌の山が崩れ、その陰になっていたので、今まで気づかなかった。

袋からは、豆腐やしらたき、鶏肉《とりにく》のパック、卵、長ネギなどがのぞいている。鍋《なべ》でもやるつもりだったのだろう。

「冷蔵庫は小さいし、これだけの寒さだ。買うだけ買って、そこに放りだした」

「問題はネギです。犬は放し飼いだったみたいなのに、こんなところに置いておいたら、ネギを口にする可能性があります。いいですか、犬がネギを食べると……」

「ネギ中毒だろう？　溶血性貧血だったか？　これでも少しは勉強したんだ」

「そんなことくらい、子供でも知ってます」

「知らねえよ！　おまえと一緒にするな」

須藤はファイルをめくる。

「それを購入したのは、殺害された前日の夕方だ。つまり、犬はもういなくなっていた。だから、そこに置いたんだろう」

「でも、犬はいなくなっただけですよ。戻ってくるかもしれないじゃないですか。それなのに、ネギをこんなところに……うーん」

薄は首をひねり続ける。

「争った跡があるから、そのとき、流しの上にあったスーパーの袋が床に落ちた……だめ、それだと卵は割れているはず。ああ、やっぱり変ですよ。犬がいなくなったのに、鍋なんかします？」

「そりゃあ、人によるだろう」

「私だったら、何も食べられない……」

「なあ薄、被害者は一刀が自分の犬をさらっていったと思っていたわけだろう？　だったら、心の奥では、もうあきらめていたのかもしれん」

「でも、最後には納得してくれたんです。一刀は無実だって」

「判った。とりあえずいったん、タカと犬からは離れよう。まずは人間だ」

「人かぁ……」

「あからさまにがっかりするヤツがあるか。ことは殺人事件だぞ」

「だから人間はややこしいんですよねぇ。被害者はここにいて、何者かがやってくる」

「ドアには鍵《かぎ》がかからなかったので、突然押し入ってきたのか、被害者が招じ入れ、その後、諍いが起きたのかははっきりしない。いずれにせよ、ここで被害者と加害者が向き合い、争いになった。もみ合いがあった後、加害者は玄関脇のスコップを取り、出渕さんのこめかみを殴った」

「被害者は即死ではなかったんですよね」

「そうだ。犯人はその後も執拗《しつよう》に出渕さんを攻め続け、全身を殴り続けた。鑑識の見立てでは、五分から十分は続いたようだ」

「相当な恨みだったんですね」

「そこなんだ。たしかに被害者は評判のよろしくない人物だった。でもだからといって、命を狙われるほどに恨まれていたとは思えない。何と言っても、財産もない、酒が好きな老人だ。いったい犯人に何があったのか、今もって皆目判っていない」

「一つ気になることがあるんです」

「何だ？」

「犯人は出渕さんの全身を殴ってますけど、顔は一発だけですよね」

須藤はファイルの遺体写真を見直す。薄の言う通り、顔面への攻撃は最初の一撃だけだ。

薄は遺体が横たわっていた血溜《ちだ》まりの脇に立ち、言う。

「何だか、顔だけは避けたみたいですね」

「避けた？　どうして？」

「そこまでは判りません。でももし私なら、恨みを持つ人が横たわっていたら、まず動けなくしてから、顔を攻めます。首から上の方が断然、辛《つら》いですからね。流しの下には包丁もあるし、そこにハサミも落ちています。いろいろやりようがあったと思うんですよねぇ」

「おまえ、動物には優しいが、人相手だと異様に冷淡だな」

「犯人には顔を避けたい理由があったんでしょうか」

「理由って？」

「判りません」

「タカと犬と人か。ここで、何があったのかな」

薄はしょんぼりと肩を落とし、封が開いたままになっているドッグフードの袋を見下ろしている。

「よし、ここはこんなものだろう」

「この後は、どうするんですか？」

「セオリー通りにいこう。現場の次は、遺体発見者だ」

六

「犬ですか？」

遺体の発見者であり、被害者の甥でもある、出渕七郎《しちろう》は太い眉を寄せた。

出渕宅から車で二十分、山を一つ越えたところにある街に、七郎が泊まるビジネスホテルがあった。大手電機メーカーの巨大工場がある場所で、山間ながら一帯は比較的開けており、近くには急行が停まる駅もある。人口のほとんどを工場の従業員とその家族が占め、森を切り開いて造った団地には、驚くほどの活気があった。もっとも、そこに住む大半は外国人であったが。

工場と道一本隔《へだ》てて向き合うホテルは、機能性のみを追求した造りであり、ロビーも小さく、ラウンジなどという洒落《しゃれ》たものもない。一階にあるのは、学食を思わせるような食堂だけであり、希望者はそこで食事をとることができる。

時刻は午後六時を回ったばかりであり、食堂はかなり混雑していた。そんな中、ホテルのマネージャーに無理を言って一角に仕切りを作り、七郎と面会することになったのだった。

彼の部屋を直接訪ねてもよかったのだが、どの部屋も驚くほど狭く、三人が会話できるようなスペースは確保できないとのことだった。

「てっきり、おじの捜査でいらっしゃったのかと思ったのですが……」

「それはもちろん、しっかりやっております。まぁ、我々は別働隊のようなものでして」

「責任者の方によれば、近所に住む重要容疑者が浮かんだとか……」

須藤は咳払《せきばら》いをする。

「そのあたりのことについては、申《もう》し訳《わけ》ありません、お答えしかねます」

「しかねます」

須藤の横でふむふむとうなずく薄にも、七郎の不審な視線は遠慮なく向けられる。

「ええっと、それで犬が、何か？」

「出渕榮太郎さんが飼っていた犬は、小型犬だったのですか？」

「薄茶色のシーズーでしたよ。メスで、名前はサヤカだったかな。おじにすごくなついていて、吠《ほ》えたり暴《あば》れたりなんてことはまったくなかったです」

「シーズーは友好的で神経質な個体も少ないですから、飼いやすい犬種だと思います。体もそんなに大きくないですし、高齢者の方でも飼えますね。散歩と長い毛のブラッシングが大変と言えば大変ですが……」

「おじはちゃんとやっていましたよ。もともとはすごく優しい人なんです。ただ、何て言うか、すごくシャイだから、人との付き合いが下手なんです。ぶっきらぼうで」

薄が怪訝《けげん》な顔で須藤にきいた。

「そんな棒、現場にありましたか？」

「ないよ」

「現場に、うまい棒が三本ありました」

「変なところばかりよく見てるな」

「コーンポタージュ味でしたよ」

「どうでもいいんだよ、うまい棒は。出渕さんがびっくりしてるだろう」

七郎は苦笑交じりに言った。

「おじは駄菓子が好きで、よく買っていました。サヤカにあげたりもしてましたよ。本当はダメなんでしょうけど」

「人間用のお菓子はカロリーも高いですからねぇ。でも、一番は飼い主と犬の関係です。彼らが仲良く、幸せに暮らせることが一番なんです。そのためなら、うまい棒もゲバ棒も使っていいと思います」

「ゲバ棒って何ですか？」

「いや、出渕さん、話を戻させてください。あなたが遺体を発見したときのことを、もう一度、話していただきたいのです」

七郎はまだ「ゲバ棒」に未練があるようだったが、すぐに真剣な表情になり、ゆっくりと語りだした。

「あの日は、ふと思い立っておじを訪ねたんです。刑事さんたちにも言いましたけど、そういうことはよくありました。おじは携帯なんか持ってないし、自宅の電話もとっくに止められてしまって、連絡手段がないんです。だから、いつもいきなり訪ねていくんです。大抵は家にいて、歓迎してくれました」

「榮太郎さんの自宅までは車で？」

「ええ。あ、でも、泊まるつもりでしたから、飲酒運転の心配は……」

「そのあたりのことは気にしないでください。それで？」

「おじが好きな日本酒を買って、いつもの道を走って……」

そのときのことを思いだしているのだろう。七郎の顔は蒼白《そうはく》となり、手も震えていた。

「着いたのは、日が暮れてからでした。家の前に車を停めて、中の様子をうかがいました。電気はついたままでした。だから外から声をかけて、中に入りました。そしたら、部屋の真ん中でおじが……血だらけになって……ホントに酷い状態で……」

七郎の証言は、日塔にもらったファイルと完全に一致する。

「最後におききします。おじさんを恨んでいた人物に心当たりは？」

「親しくしていたとは言っても、月に数回会う程度ですから、そこまでは判りません。ただ、ご近所とあまり上手くいっていないことは、雰囲気で判りました」

「警察に何度か通報もいっています」

「おじは酒が好きで、よくどんちゃん騒ぎをしていたみたいで……。ぼくのところにも何度か問い合わせがありました」

「ホームレスを連れてきて飲んでいたとか」

「酔っ払って、知らない人を連れてきたりしていたようです。黒鍬川を上っていくと、ホームレスの人、何人かいますよ。こんな寒いところになんでわざわざと思いますけど、人も少ないし、あんまりうるさいこと言われないから、かえっていいのかもしれませんね」

「なるほど。判りました。ありがとうございます」

須藤は礼を言って、立ち上がる。七郎は座ったまま、顔を上げて尋ねた。

「おじの遺体は、いつごろ、戻ってくるのでしょうか」

「申し訳ありません、我々には判りかねます。責任者にきいて、連絡させます」

「よろしくお願いします。急《せ》かすつもりはないんですけど、いつまでも仕事、休んでいるわけにもいかないので」

「判りました」

食堂はすでにピークを過ぎたのか、閑散としている。

今日のメニューは鍋のようだった。一人用の小さな土鍋が、カウンターに並んでいる。

七郎は悲しげにつぶやいた。

「おじも鍋が好きでした。あの日も材料、買ってたんですよね。食べたかっただろうなぁ。鍋……」

薄と須藤はあらためて頭を下げると、足早にホテルを出た。

「彼も大変だな。派遣だと言うから、仕事を休んでいては、稼ぎにならないだろう」

「本当です。おじさんのこと、大切に思っていたんですね」

「そうだな。さて、もう少し、がんばれるか、薄？」

「ええ、もちろん」

「よし」

須藤は駅前にあるタクシー乗り場へと向かう。

七

「出渕の旦那《だんな》だろ、気の毒なことしたなぁ」

暗がりの中、ろうそくの明かりを受け、目を潤ませるのは六十代半ばの男だ。髪は伸び放題、髭も伸び放題、歯は数本を残して抜けており、酒の入ったコップに伸ばした節くれだった手は、小刻みに震えていた。

なみなみと注がれた酒をくいっと一息で飲み干すと、男は恍惚《こうこつ》とした表情で、口元を緩めた。

「あぁ、久しぶりだなあ。この感覚」

「気に入ったのなら、もっと飲んでくれ。まだあるから」

駅前の酒屋で買った一升瓶《いっしょうびん》を須藤は掲げる。男は嬉々《きき》としてコップを差しだした。

「いやあ。こんな時間にノコノコやってくるヤツがいるなんてさ、びっくりしたよ。この辺はおかしなヤツも少なくて安全だって聞いてたもんだから」

コップの酒に目を細め、口の方からお迎えにいく。

「いやぁ、うめえ。まあ、こんな暮らししてるとさ、いろんな目に遭うよ。都会にいたころはさ、縄張りだとか、爆竹投げてくるガキとか、せっかく作った段ボールの家をぶっ壊しに来るおまわりとか……あぁ、失礼、あんたのことじゃないよ……いろいろいてさ。俺も長くないかなって覚悟決めてたよ。でも、ここに来てから、考えがかわったね。ま、寒いし、食べ物探すのも大変だけど、何より、人が少ない。夜はぐっすり眠れるし、いいところだよ」

「出渕さんとは、どのくらい親しかったんだい？」

須藤はわざと馴《な》れ馴《な》れしい調子で言う。

被害者の出渕のことを知るホームレスに会うため、日が暮れたにもかかわらず、わざわざやってきたのだ。

川に沿って歩くこと十分。周囲は自分の足元すら見えないほどの暗闇《くらやみ》だ。人の気配はなく、聞こえるものと言えば黒鍬川の水音だけ。夜が明けてから出直すことも考えたが、自然の中で何かを探すのは、薄の得意技でもある。わずかな光を頼りに、瞬く間に小さなコミュニティを見つけだした。

　段ボールで組んだ家をブルーシートで覆っている。暮らしているのは六人ほどらしい。須藤は購入した日本酒やらウイスキーを渡しながら、目的の人物を探した。どの住人も、一様に警察に対し非協力的であったが、酒の力にはかなわなかった。到着して五分足らず、出渕をよく知るという男の住居が判明した。河川敷の奥まった場所に、一人離れて暮らす男だった。刑事時代、この手の人間とはよく話をした。付き合い方は心得ているつもりだった。

　酒を手に段ボールの家に上がりこみ、鼻を塞《ふさ》ぎたくなる臭いに臆《おく》することなく、男と向き合ったのだった。薄は黙したまま、須藤の背中に隠れている。

「それで、出渕さんのことなんだが……」

「ああ、まあ、あの人も変な人だったよね。昔は多少、景気もよかったみたいだけど、結局、残ったのはあのボロ屋だけ。でもまあ、俺らみたいなのからすれば、いい生活だよね。夜露をしのげる場所があって、生活保護で最低限の生活はしていける」

「いや、あんただって、ちゃんと手続きを踏めば……」

「刑事さん、それは言いっこなしだよ。あんた、いい人みたいだから言うけど、そうもいかない事情を抱えているヤツばっかりなんだよ。ここにいるのはさ」

そのあたりのことは、薄々察してはいた。借金やら何やらで人目を憚《はばか》り、住居を転々としている者ばかりなのだろう。さすがに指名手配犯はいなかったが、何らかの犯罪を犯し逃げている者だっているかもしれない。

「あんたらが何者かなんて詮索《せんさく》するつもりはない。知りたいのは、殺された出渕さんと一番親しかった人だ。聞いたところによると、何度か出渕さんの自宅で飲んだこともあるとか」

「それなら、田中《たなか》だよ。俺より少し上だと思うけど、二年ほど前に流れてきたヤツでさ。暑いの寒いの、文句ばっかり垂れてる男だったよ。だけど人懐《ひとなつ》っこいところもあってね、憎めないんだなぁ。いつも誰かの後をくっついていっては、するっと懐《ふところ》に入っちまう。そんなこんなで、出渕さんとも懇意になったんだと思うよ」

「その田中さんに会えませんかね」

「会う？　そいつは無理だ。もういないもん」

「いない？　出ていったんですか？」

「一週間くらい前かな。ぷいって」

「そのこと、警察に言ったかい？」

「警察？　警察はあんたらじゃないか」

「もっとちゃんとしたヤツらにだよ。刑事が聞きこみに来ただろう？」

男の顔から感情が消えた。仮面でもかぶったかのような変わりようだった。

「刑事なんかに言うことは、何もないんだよ。さっさとお引き取り願ったね」

「判った、判ったよ」

どうやら潮目が変わりつつあるようだ。須藤は腰を上げる。

「この酒は好きにやってくれ」

「悪いな。俺の話、少しは役に立ったかい？」

「ああ、とてもな」

須藤は薄とともに、段ボールの家を出る。身を切るような気温だが、外の空気を胸いっぱいに吸いこみ、一息ついた。

河川敷の小さなコミュニティは、ひっそりと闇の中に沈んでいる。

少し離れてから、須藤は日塔に連絡した。

通話口の日塔はひどく機嫌が悪かった。所轄の刑事たちから突き上げられ、防戦一方なのだろう。

「何だと？　ホームレスが一人消えてる？」

「田中というらしい。まず偽名だろうがな」

「そ、そんな情報、初耳だぞ」

「聞きこみの仕方を間違えたな。おまえらしくもない」

「くそ」

「田中は被害者宅に何度か出入りしていたらしい」

「姿を消したのは一週間前か……。殺害日より前というのは気になるが、まあいい。本人をとっ捕まえてきけばいいだけだ」

通話は一方的に切れた。

「刑事はサメだ。別の餌を見つければ、そっちに向かう。これで一刀も大丈夫だろう」

「須藤さんは、田中さんが犯人だと思うんですか？」

「まだ何とも言えないな」

「私はやっぱり、犬が気になります」

「犬ねぇ。たしかに、いなくなった直後に飼い主が殺された――というのは気にならなくはないが」

薄は首を左右に振った。

「事件なんてどうでもいいんです。事件に関係あろうがなかろうが、早く見つけないと。サヤカはこの寒空の下、どこかをさまよっているのかもしれません」

「こんなことは考えたくないが、もう生きていない可能性は高い」

「たとえそれでも、やっぱり見つけてあげたいです」

薄の目は真剣そのものだった。

「そうだな。たしかに、そうだ」

「ねぇ、須藤さん……」

そのとき、薄の目が輝いた。何か思いついたようだった。

「犬がいて困ることって、何です？」

八

夜が明けたばかりの黒鍬川河畔に、薄圭子が立っていた。左手には、一刀がとまっている。

「なあ、薄、本当にやるのか？」

彼女とタカの横に立ち、須藤は尋ねる。

「当たり前です。一刀なら、大丈夫だと思います」

「一刀もだが、俺はおまえが心配だよ」

「大丈夫です」

道の向こうには、早起きの住人たちが、すでに集まり始めている。皆、怪訝そうな表情で、須藤たちを見ていた。

「おいおい」

駆けてきたのは、日塔である。一刀を驚かせないよう、遠くに車を停め、駆け足でやってきたようだ。

「いったい、どういうことだよ。おまえたちの情報を元に、こっちは徹夜で田中の行方を追ってたんだぞ」

「成果はあったのか？」

日塔は首を振る。

「皆目だ。空へ飛んだか、地に潜ったか。それより、いったい何を始めるつもりなんだ？　いきなりタカを持ちだして」

「捜索だそうだ」

「何の？」

薄がこちらを見て、何やら怪しげに微笑む。

「見つけてからのお楽しみです」

「何だそりゃ、死体でも見つけるつもりか？」

「はい。この川辺のどこかに、死体が埋められていると思うんです」

日塔は困惑顔で須藤に詰め寄る。

「おい、これはどういうことだ。上司のおまえからきちんと説明しろ」

「そう言われても……実は俺にもよく判らんのさ」

「頼りない上司だな！」

「テメエこそ、お気に入りの部下はどうした」

その場に桜井の姿はない。

「知るか。寝坊してんだろ」

「おまえこそ、頼りないじゃないか！」

「二人とも静かにしてください！　一刀がびっくりしちゃうじゃないですか！」

薄の一喝で、二人はしゅんとうなだれる。

日塔が言った。

「しかし、死体を見つけるってどうやって？」

薄が左手を日塔に近づけた。その上のタカは鋭い目で日塔を睨む。彼はピョコンと一歩、後ろに退いた。

「一刀を使います。一刀に空から見つけてもらうんです」

「タカ？　タカって、死体とかに反応するの？」

「死体には無理ですけれど、動くものなら。例えば、死体に群がってくるネズミやなんか」

日塔がぽんと手を鳴らす。

「なるほど。そういう小動物を狙うわけか。しかし……」

「まあ、薄がああ言ってるんだ。とりあえず、やらせてみようじゃないか」

須藤の言葉に、日塔も不承不承といった体でうなずいた。

それを見た薄は悠々と河原の茂みへとつづく階段を降りていく。少し間をあけて、須藤も続いた。

川辺は、静まりかえっている。薄は川に沿い、どんどんと上流に向かって歩いていく。木々の背も高くなり、見通しも悪くなる。

もともと人気のない場所であるから、聞こえるものといえば、川の流れと踏みしだく下草の音くらいだ。

誰もいない川辺に立ち、薄はタカとともに静かに佇《たたず》む。

須藤は薄と距離を置き、茂みの中でしゃがむ。ここまでは予定通りだ。あとは、犯人がやってきて、薄を……。

突然、背後に殺気を感じた。本能で前に飛びだす。茂みから男が姿を現し、須藤に組みついた。須藤よりはるかに大きく、太い腕で須藤の首を締めつけてくる。男が着ている黒いシャツの襟には、鐘のマークをかたどったバッジがついていた。

「ギヤマンの鐘」か……。まさか、こんなときに……。

男の腕を引き剝《は》がそうともがきながら、須藤は薄の方を見る。彼女の前には、茶色いボロをまとい、キャップをかぶったホームレス風の男が、立ちはだかっていた。手にしているのは、ボーガンだ。腰が引けているが、両手で狙いを定めている。その先にいるのは、一刀だ。

薄……。

須藤の怒りに火がついた。勢いをつけ、額を相手の顔面に叩きつけた。かつて頭部に銃撃を受け、患部に爆弾を抱える須藤だ。頭部への強い衝撃にはくれぐれも気をつけろと医者に言われている。だが今は、そんなことを気にしている場合ではなかった。

かつて岩頭と言われた須藤の頭突きを受け、相手の男は一瞬、意識が飛んだようだ。首にかかる手の力も抜ける。その瞬間を逃さず、須藤は逆に相手の首を掴《つか》み、右腕一本で地面に押し倒した。握力は常日頃から鍛《きた》えている。男の顔が赤らんできた。左拳を固め、鼻面に二発、叩きこんだ。鼻血が飛び、顔にふりかかる。

男が意識を失くしたことを確認し、立ち上がる。薄！

薄も一刀も、先と同じ場所に立っていた。彼女たちの前では、ホームレスと背広姿の若い男が格闘していた。男は桜井だ。ホームレスが持っていたボーガンは、少し離れた草むらに転がっている。

桜井はすぐに相手を制圧し、地面へと押さえこんだ。目深にキャップをかぶっているため、相手の顔までは見えない。

手錠をかけながら、桜井は顔を上げた。

「言われた通り、ヤブに隠れていました。日塔警部補にも内緒で」

「助かった。お手柄だ」

須藤は男のキャップを取る。出渕七郎の顔が現れた。

「『ギヤマンの鐘』まで使うとはな。予想外だったよ。そのボーガンもヤツらの支給品か。俺たちの情報と引き換えにしたな？」

七郎は観念したように、地面に顔を伏せた。須藤は桜井から七郎の身柄を預かる。

「俺からじゃない。ヤツらの方から言ってきたんだ。あんたらの動きを逐一《ちくいち》、教えろって。ボーガンはその手土産だった。俺はあんなカルトの信者じゃない。俺の狙いはそのタカだけだった」

茂みの向こうから、「何だ、何だ」と叫びながら、日塔が走り出てきた。

「お、おい、須藤、薄、大丈夫か？」

須藤は七郎と桜井を指して言った。

「おまえの部下のおかげだ。助かったよ。向こうに倒れているのは、『ギヤマンの鐘』の信者だ」

「桜井？　どういうことだ、俺は何も聞いてないぞ」

「ここは俺たちでやる。信者の方を頼む。桜井にはすべてを話してあるから、聞いてくれ」

「あ、ああ……、判った」

そう言いながら、日塔は桜井にピンタをかます。ピシリと小気味のいい音が響いた。

「痛ってえ」

「テメエ、俺に内緒でコソコソしやがって」

仲のいいこった。

須藤は、七郎の身体検査をする。ナイフなどの凶器は所持していない。

「そんな格好して、すべてを田中に押しつけるつもりだったのか？」

手錠姿の七郎は、がっくりとその場に座りこむ。

「イチかバチかの賭《か》けだったけど、やっぱり無謀だったな……」

そして、まぶしげに目を細めつつ、朝日の中に立つ薄と一刀を見やる。

「悪いことしたよ。タカを殺したからってどうなるもんでもないことは、判っていたんだけど」

七郎の視線を受け、一刀は落ち着かなげに両翼を広げ、体を左右に揺する。

七郎が続けた。

「そいつを使って死体を見つけるって言ってたけど、本当にそんなことできるのか？」

薄は首を振った。

「いいえ。タカは優秀なハンターですが、そこまではできません」

「そっか。やっぱり罠《わな》か。でも、どうして判ったんだ？　俺が犯人だって」

「犬です」

「犬？」

　そこから先は、須藤が引き取った。

「おまえは被害者の身内だし、アリバイもなかった。セオリー通りにいけば、もっとも疑わしい位置にいる。だが、動機がつかめなかった。被害者は、言葉は悪いが一文無し。あんたとの仲も良好だった」

「ああ、その通りだ。おじさんはただ一人の理解者だった。おじさんがいたから、こんなクソみたいな毎日でも、なんとかがんばれた」

「にもかかわらず、おまえは大切なおじさんを殺した。なぜか。閃《ひらめ》いたのは薄だ。こいつはずっと、消えたシーズーにこだわり続けていた。なぜ、犬は消えたのかって」

「おじさんは、サヤカを可愛がってた。俺にもなついてさ」

「もしサヤカが消えたのが、偶然でなかったとしたら。サヤカの失踪こそが、今回の事件の出発点だったとしたら。犬をさらったのが、出渕榮太郎氏を殺害した犯人だったとしたら」

　七郎は「ほう」とうなずいて、地面に座り直した。

「犯人はなぜ犬をさらったんだ？」

　答えたのは薄だ。

「犬の感覚は人間よりはるかに優れています。代表格は嗅覚《きゅうかく》ですが、人は騙《だま》せても、犬は騙せない。だからこそ、犯人はまずサヤカをさらい、榮太郎さんから引き離したんです」

「それは、何のために？」

「榮太郎さんを殺して、入れ替わるためです」

須藤は言う。

「それを実行したのは、ホームレスの田中だろう。榮太郎さんの暮らし向きは決して裕福ではない。だが、田中からみればどうだったろう。自宅があり、生活保護も受けられる。田中がいつごろからその計画をたてていたのかは判らない。ホームレス仲間によれば、田中は榮太郎さんと背格好が似ていたようだな。髪や髭を伸ばせば、ある程度、面相はごまかせる。もともと近所付き合いもほとんどなく、身内といえば甥が一人いるだけ。ごまかしはきくと考えた。さて、唯一の問題はサヤカだ。見た目で人はごまかせても、サヤカは絶対に騙せない。飼い主が榮太郎さんでないことに、気づくだろう。そこで、そうなる前に、まずサヤカをどこかにやってしまったんだ」

薄が続ける。

「サヤカがいなくなり、当然、榮太郎さんは慌てます。そして彼は、サヤカ連れ去りの犯人がタカの一刀だと思いこんでしまった。彼は私の元に怒鳴りこんできました。幸い、私の説明で納得してくれましたが、サヤカ失踪は犯人の思惑《おもわく》以上に、大きな騒動となってしまったのです。それでも、犯人は当初の計画を実行します。私の元から戻った榮太郎さんを犯人は殺害、この一帯のどこかに埋めてしまいます」

川辺にはえるヨシが風に揺れてザワリと音をたてる。

何となく不穏なものを感じつつも、須藤は言った。

「その瞬間から、田中は出渕榮太郎になった。憧《あこが》れの家といくばくかの金を手に入れたんだ。しかし、そんな安楽な日々は続かない。甥であるおまえが訪ねてきたんだ」

七郎はその日のことを回想しているのだろう。遠くを見つめる目で言った。

「いつも通り、いきなり訪ねていくと、あいつはちょっと慌てた様子だった。調子が悪いとか適当なことを言われ、最初のうちは俺も騙されていた。気づいたのは、サヤカがいないことと、鍋の材料だった」

「買ったばかりの材料が、部屋には置いてあったな」

「おじは卵が嫌いだった。絶対に買わなかった。それが袋に入っていたので、ピンときたんだ。サヤカがいなくなったのに、さほど慌てた様子もない。あいつを押さえつけて、白状させた。その後のことは……あんたらの方がよく知ってるだろう？　実を言うと、あいつに何をしたか、はっきり覚えてないんだ」

「だがおまえは、最初から考えていたんだろう？　田中の死体を榮太郎氏に仕立てようと」

七郎は素直にうなずいた。

「ああ。あんなクズを殺して捕まったんじゃや、割に合わないだろう？　だから、おじが死んだことにしようと考えた」

「だから、あえて顔を避けたんだな？　全身滅多《めった》打《う》ちなのに、顔だけは致命傷となった一発だけ。違和感があったんだ」

「へぇ、刑事さんってすごいんだねぇ。そう。顔をメチャクチャにして身元が判らなくなると、いろいろごまかせなくなるかなって考えたんだ」

「その夜は、いったん車で帰宅したんだな？」

「顔と手の返り血だけ、おじの家の流しで落としてね。帰り道は検問もなかったし、問題はなかった」

「自ら発見者を装ったのも、遺体の正体を隠すためか？」

「そう。俺は唯一の身内だし、絶対にごまかせると思ったんだ」

「葬儀を急いだのもそのせいか」

「遺体が灰になれば、もう勝ちかなって。だけど、タカの件が原因でバレるなんてなぁ」

七郎は自ら立ち上がる。

「でも後悔はしてないよ。おじの仇《あだ》をうったんだから」

ヤブの向こうから、所轄の刑事が顔をみせた。拝の家で、須藤たちを取り囲んだ一人、あの年長の男だった。彼は仏頂面のまま、七郎を引き取り、連れていった。薄と一刀が、それを寂しげな目で追う。

須藤は日塔たちの元へと駆け寄る。須藤を襲った男は、意識を回復しており、ふてぶてしい顔つきのまま、口を真一文字に閉じていた。鼻から流れ出た血が、シャツの前を赤く染めている。

その横では、日塔が苛立《いらだ》たしげに足踏みをしている。

「どうだ？」

「何も話したくないそうだ」

須藤は男に笑いかける。

「そうだろうな。こいつはどうせ鉄砲玉《てっぽうだま》だ。無事に帰ろうなんて思ってなかったんだろうからな」

須藤は腰をかがめ、男と目線を合わせる。

「おまえが何処《どこ》の誰のために動いているのか、そんなことはどうでもいい。来るならいつでも来いだ。全員、おまえと同じ目に遭わせてやる」

かつては鬼と呼ばれ、犯罪者からも同僚、上司からも恐れられた須藤だ。熱い思いがふつふつと湧《わ》き上《あ》がり、自然と笑みが浮かんできた。眼前にある男の顔に恐怖の色が浮かび上がる。

「そう、その顔だ。その顔が見たかったんだ。この次、俺の前に現れたらどうなるか、判っているだろうな」

須藤は男の頬を軽くはたき、腰を伸ばした。

「日塔、すまんがこいつも頼む。俺はタカの世話をしないと」

「ああ、判ってる」

日塔は男を引っ立てていく。木立の向こうには赤色灯の点滅が見える。かなりの数の警察車両がやってきているのだろう。

須藤が振り返ると、薄と一刀は、やはり川べりに立っていた。須藤は言う。

「おまえと一刀のおかげで、事件は解決だ」

「いいえ、まだ解決していません。サヤカのことです」

「田中にとって、サヤカは邪魔者だった。生かしておくとは思えん。殺して、どこかに埋めたのだろう」

　薄はしょんぼりと肩を落とす。

「そう、そうですよねぇ」

　そんな薄の横顔を、一刀はじっと見つめている。

　静かな時が流れ、やがて、薄は顔を上げた。

「それじゃあ、一刀を戻します。あざみさん、明日には帰ってくるそうです。私の休暇もおしまいです」

　ピュル！

　一刀が飛び立ったのは、そのときだった。これは薄にとっても意外だったらしい。

「え!?　一刀……」

　呆然として空を見上げている。一刀はひらりと上空高く舞い上がると、薄の頭上を二度、三度と旋回、やがて、何かを見つけたかのごとく、南の方向へと一直線に進み始めた。

　薄はすでに走りだしていた。雑草が茂り、凹凸《おうとつ》の激しい地面だが、そんなことは物ともしない。ひらりひらりと軽快に駆けていく様子は、コブだらけの斜面を滑降していくプロスキーヤーのように見えた。

須藤も必死に後を追うが、とても追いつけない。情けないことに息が上がり、そのうち、薄の後ろ姿は見えなくなってしまった。空をいく一刀の影も同様だ。

仕方なく、わずかに残る気配だけを頼りに、川辺の茂みを進んでいく。泥や草で覆われた一帯は足元がよく見えず、川面に足をつっこみそうになることもあった。

それにしても、いったい、どういうことなんだ。即席とはいえ、一刀は薄をパートナーと認識し、狩りなどもできるほどの信頼関係で結ばれていたはずだ。

さきの様子を見る限り、一刀は薄の制止を無視して飛び立ったように思える。

あの薄がミスをしたというのか？

右前方にケヤキの木が見えてきた。その張り出した枝の先に、何やら黒いものがある。一刀だ。一刀がとまっているのだ。

ピュルー。

澄んだタカの鳴き声が、青い空に響いた。

須藤は懸命にケヤキの方へと進む。

必死に進むこと五分、ふいに視界が開けた。ケヤキの真下の一角だけ、草木の姿がない。そこにあるのは、こんもりとした黒い土だ。表面はまだ柔らかく、かなり湿っている。最近、この一角だけが掘り返されたとみえる。

枝にとまった一刀はじっとその一角を見下ろしていた。そしてケヤキの脇には、薄がしゃがみこみ、何かやっている。

「薄、どうした？」

薄は立ち上がり、こちらを向いた。腕の中に何かを抱いている。犬だった。埃《ほこり》や泥にまみれ、全身真っ黒になっていたが、シーズーに間違いなかった。やせ細ってはいるが、薄の腕の中で尻尾《しっぽ》をかすかに振っている。

「薄、それは……」

「サヤカだと思います。いなくなってから一週間、生きていてくれました」

「しかし、サヤカは田中に……」

「殺せずって、川辺に放したのかもしれません」

「殺せずって、ヤツは人を殺しているんだぞ」

そう言ってはみたものの、不思議とその感覚が理解できる。昔ならともかく、動物とその飼い主を巡る様々な事件を見てきた今となっては、シーズーを前にしたときの田中の気持ちが、何となく判ってしまうのだ。

殺せなかったか……。

須藤は自分の立つ、黒い土の地面を見下ろした。

「サヤカがここにいたってことは……」

薄もうなずく。

「榮太郎さんの遺体は、ここに……」

飼い主の存在を感じて、サヤカはずっとこの場所にいた。

それにしても……。

須藤は頭上の一刀を見上げる。

この場所を、そしてサヤカを見つけることができたのは、すべて一刀のおかげだ。

「おまえ……」

一刀はくっと頭をもたげると、ピュルルと鳴く。大きな羽をわっと開くと、枝を蹴《け》って飛び上がった。ケヤキの木の周りをするりと一周した後、一刀はすっと差しだされた薄の左拳の上に、ひらりとおり立った。

アロワナを愛した容疑者

一

油断していた。

警視庁本庁舎の一階から、総務課のある十階まで、エレベーターを使わず階段で上る、それが須藤《すどう》の日課である。

上り始めた途端、冷気を頰《ほお》に感じた。まさかと思う間もなく鬼頭《きとう》管理官が現れ、須藤と共に階段を上り始めた。神出鬼没を旨とする鬼頭は、用件があってもわざわざ自室に呼んだりはしない。ふっと幽玄の彼方《かなた》から現れ、近づいてくる。

「ちょっといいか」

制服に身を包んだ鬼頭は、顎《あご》を引いたままくぐもった声で言った。

「もちろんです」

動揺を隠し、足を止めぬままうなずいた。普段、人通りの絶えることのない階段であるが、どうしたことか、今この瞬間は人っ子一人いない。二人の足音が不気味に響き渡る。

「タカの件はよくやった」

「ありがとうございます。薄《うすき》のおかげです」

「逮捕した『ギヤマンの鐘』信者の取り調べは続けている。手厳しくやっているが、口を割らない」

「そりゃあそうでしょう。ヤツらにとって教義は絶対ですから」

「何とも口惜《くや》しい限りだが、打つ手がない。引き続き、身辺に注意するように」

「心得ています」

三階を過ぎた。勝手が違うからか、いつもより早く息が上がり始めた。対する鬼頭は息の乱れもない。平然と喋《しゃべ》りながら、歩を進めていく。

「あの男のことを……覚えているか」

名前を聞かずとも、すぐにピンときた。

「蜂《はち》の……男のことですか」

「そうだ」

かつて、須藤と薄を巻きこむ形で展開した、スズメバチを使った生物テロ事件。すべてを計画した主犯格の男のことを、鬼頭は言っているのだ。聞くところによれば、取り調べに対しても黙秘を通し、一審で死刑判決、現在、二審の判決待ちとのことだ。

鬼頭は言う。

「弁護士との接見回数がわずかながら増えた。会話の内容までは判《わか》らないが、気になる」

「何か企《たくら》んでいると？」

「ヤツの弁護士、久保塚冷徳《くぼづかれいとく》は、教団とも通じている」

「ですが、保釈も認められず、ヤツは塀の中です。何もできませんよ」

「計画立案だけなら可能だ。手足となって働く者は、まだいるからな。充分注意しろ」

十階に着いた。鬼頭はそのまま階段を上っていく。敬礼をして見送り、廊下に出た。途端に喧騒《けんそう》が戻ってきた。廊下を行き来する警察官たち。いつに変わらぬ忙《せわ》しない光景だった。

鬼頭が残した警告は、冷たい石となって須藤の胸を重くし、心臓の鼓動を早めた。

俺はいいんだ。だが、あいつだけは……。

屈託なく笑う薄の顔が、脳裏に浮かんだ。

いつもと違う雰囲気を察したのだろうか、田丸弘子《たまるひろこ》は絶品のほうじ茶を置くと、何も言わず自分のデスクに戻っていった。

ここ最近は石松《いしまつ》も顔を見せず、日塔《にっとう》も夕カの一件以来、ご無沙汰《ぶさた》だ。暇すぎるのも逆に辛《つら》いな。天井を見上げたとき、デスク上の電話が鳴った。内線ではない。外部から直接かかってきている。直通番号を知る者は少ない。幾分の緊張を伴いつつ、受話器を取った。

「はい。動植物管理係」

なつかしい、鈴の鳴るような声が聞こえた。

「おお、福家《ふくいえ》か。久しぶりだな」

予想外の相手ではあったが、彼女とは捜査一課時代、何度も仕事をした。かなり変わってはいるが、恐ろしく優秀な刑事だ。

「こちらこそ、ごぶさたをしています」

「今は京都だったたな。どうだい、そっちは」

「もうすっかり慣れました」

「本当か？　京都の人間は一筋縄ではいかないと聞くが」

「こう見えて、適応能力は高いのです。今はマンション住まいなのですが、隣の女性から、ねぎらいの言葉をもらいました。ええっと、ケイサツノカタハ、マイニチヨルオソウマデ、ゴクロウハンドスナア」

付け焼き刃丸だしの京都弁を聞きながら、須藤は首を傾《かし》げる。

「それって、夜遅く帰ってきてうるさいから静かにしろって意味じゃないのか」

「なるほど。道理でこちらから挨拶《あいさつ》をしても、無視されるわけですね」

解決率百二十パーセントの神通力《じんずうりき》も、京都人には通用しないということか。

とはいえ、赴任早々、寺絡みの妙な事件を解決したと風の噂《うわさ》に聞いている。

「それで、どうしたんだ？」

京都からわざわざ、直通電話で須藤に連絡をしてきた。何かあるに決まっている。

「実は、調べて欲しいことがあるのです」

「言うまでもないことだが、うちは、通称警視庁いきもの係だ。管轄は動植物のみだぞ」

「だからこそ、こうして連絡しているのです。今、生活安全課のお手伝いをしているのですが……」

「お手伝いって、おまえ、捜査一課の人事交流でそっちに派遣されたんだろう？」

「はい。理由は判りませんが、一時的に生安を手伝うよう命令されたのです」

事と次第は何となくだが、想像できる。もし自分が福家を受け入れる側《がわ》の立場であれば、戸惑いしかないだろう。何しろ相手は、海千山千が揃《そろ》う警視庁捜査一課内で、「魔女」だの「千里眼の女」とまで言われたほどなのだ。

気味悪がられて、距離を置かれた。そんなところか。

「それで、そのお手伝いというのは？」

「動物の密輸です」

「そう言えば先月、大阪の河川敷《かせんじき》でワニが見つかったとか聞いたな」

「大掛かりな密輸ルートがあるようなのです。京都府警では、大阪府警と合同で、タイやマレーシアなどから希少動物を密輸する、通称関西ルートの内偵を進めています」

「ほう、そいつはすごいな。警視庁管内でも、密輸組織の摘発は進んでいる。だが、俺たちの任務はあくまでペットの世話なんでな。密輸のようなきな臭い話は……」

「実は見ていただきたい動画があるのです」

ちょっとは俺の言うことも聞け！　怒鳴《どな》りたくなるのをこらえ、耳を傾ける。

「この動画を見たら、すぐに向かっていただきたい場所があるのです。もちろん、薄圭子《けいこ》さんも一緒に」

二

リニューアルしたばかりの警察博物館に入ると、入り口正面にある受付カウンターに三笠弥生《みかさやよい》の姿があった。最近、配属されたばかりの女性警察官である。小さな顔に整った目鼻立ち、女優のようなという形容がぴったりくる女性だが、肝はなかなか据《す》わっているようで、毎度繰り返される薄圭子の奇行にも驚くことなく、最近では彼女を誘って飲みにも行っているらしい。

「須藤警部補、お疲れさまです」

明るい笑顔に癒《い》やされつつ、須藤は目で上の様子を尋《たず》ねる。弥生はわずかに首をすくめて見せた。危険な徴候だ。

須藤はカウンター後ろにある直通エレベーターで、最上階まで行った。エレベーターを下りたところで足を止め、様子をうかがう。

思いの外《ほか》、静かだった。獣の臭《にお》いもしない。覚悟を決めてきただけに、拍子抜《ひょうしぬ》けである。

歩を進めようとしたとき、薄の部屋の中から、何やら呪文《じゅもん》のような不気味な歌が流れてきた。

「ヌレクハーヒーウーモー、ケナケナ、シーモンスぅ」

拍子抜けしていたことを後悔するような、珍妙な声だった。歌っているのは薄本人に間違いはない。いったいどこから声をだしているのか。それに、この歌詞は何なんだ。

「ヨードーサーハーオーコーム、メウラア、シーモンスぅ」

須藤は足音を殺し、ドアの前まで行く。そして、軽くノックした。

「薄、俺だ、須藤だ」

歌は止《や》んだが返事もない。もう一度ノックするのも憚《はばか》られ、その場に立って反応を待つ。

一分ほどたったころ、ゆっくりとドアが開き始めた。薄が笑みを浮かべながら、顔をのぞかせた。

「須藤さん、お久しぶりです」

「薄、いま大丈夫か？」

「大丈夫です。やっと寝たところです」

「寝た……。やっぱり、動物がいるんだな？」

「小さいけど凶暴きわまりないヤツです」

「ああっと、オリには入っているのか？」

「オリ？　まあ、入っていると言えば、入ってます。でも、寝てますから心配ないですよ。ただし、起きたら大変ですよぉ」

「仕事なんだ。すぐに出られるか？」

「もちろん。世話は弥生さんに頼みます」

「三笠に？　あいつにできるのか？」

「できると思いますよ。二人でいろいろ調べましたし」

「あいつ、動物は平気なのか」

「ヘビが大好きだって言ってましたから」

薄がドアを大きく開き、須藤を手招きした。

「ちらっとでいいですから、見ていってください。かわいいですよぉ」

「俺はいいよ。動物は……」

「そんなこと言わないで。須藤さんと同類なんですから」

「同類？」

思わず首を伸ばして、中を見た。部屋の真ん中に置かれたベビーベッドに、生後一歳くらいの男の子が、すやすやと眠っている。

「ど、動物って、赤ちゃんじゃないか！」

「ええ。赤ちゃんです」

「だがおまえ、動物って……ああ、そうか。人は哺乳綱《ほにゆうこう》霊長目ヒト科ヒト亜科ヒト族」

「そう。人も動物で、チンパンジーやオランウータンに毛がはえたようなものなんです」

「それを言うなら、毛がなくなったようなものだろう？」

「須藤さん、上手《うま》いこと言いますねぇ」

「そんなことはどうでもいい。この赤ん坊は誰なんだ？」

「弥生さんの従兄弟《いとこ》の息子さんだとか。ご両親が急な出張なので預かっているんだそうです。館長の許可ももらってますよ」

「そうか、ならいい。ちなみに、さっき廊下にまで聞こえてた歌は子守唄《うた》か？」

「はい。南方の島に伝わる歌だそうです」

「あれで眠れるとは、この子は大物になる」

エレベーターから、弥生が下りてきた。

「すみません、お待たせして」

薄が部屋の中を示して言った。

「いま寝たばかりだから、しばらくは大丈夫だと思います」

「ホント、助かるわ。ありがとう」

薄は須藤に向き直った。

「それで、今度の動物はなんですか？」

目が光り輝いている。

「魚だ。聞いてびっくりだぞ」

「何かなぁ。ミツクリザメとかブロブフィッシュだったら、びっくりだなぁ」

「何だ、その魚たちは」

「深海魚です」

「海洋探検に行くわけじゃないんだぞ」

「だって聞いてびっくりなんて言うから……あ、もしかして、古代魚ですか？」

「さすがだな」

「ピラルクー？　肺魚？　アロワナ？」

「ピンポーン」

「ピンポーンなんて古代魚知りません。新種ですか？　それも全身真っ赤なヤツ」

「今のは忘れてくれ。アジアアロワナだ。それも全身真っ赤なヤツ」

「スーパーレッド、紅龍《こうりゅう》ですねぇ。どのくらいの大きさなんだろう。楽しみだなぁ」

薄は恍惚《こうこつ》とした表情で部屋に戻り、荒々しい音と共にドアを開いた。中から虫取りアミだの潮干狩りに使う熊手《くまで》だのが転がり落ちてきた。その音で赤ん坊は目を覚まし、火がついたように泣き始める。

弥生もさすがに慌《あわ》てたようで、抱き上げて懸命にあやすが、よほど驚いたのか、一向、泣き止む様子もない。

そんな中、あたふたと支度《したく》をしていた薄は、またあの不思議な歌を口ずさみ始める。

「トルメージイーウーシー、ハウコーム、シーモンスぅ」

弥生も調子を合わせて歌い始める。

「ソルトラシリカソ、リラベーラ、シーゴラスぅ」

赤ん坊は再び、すやすやと寝息をたて始めた。

「よく判らんが、魔法のような歌だな」

弥生は赤ん坊を抱いたまま、笑う。

「薄ちゃんの歌い方がいいんですよ」

薄は胸をドンと叩《たた》き、言った。

「アフリカのサバンナで、怒り狂ったチンパンジーを眠らせたことがありますから」

「人間麻酔だな。とにかく、準備ができたら行くぞ」

「はーい」

紙袋を抱《かか》えた制服姿の薄と部屋を出る。弥生がそっとドアを閉めるのを待ち、須藤は言った。

「薄、周囲には充分、注意しろ。『ギヤマンの鐘』は、まだ俺たちを狙《ねら》っているらしい」

「大丈夫です。来たら吹き矢でチンコロですよ」

「イチコロな。いや、だがイチコロはまずい。せめて行動不能くらいにしておけ」

「判りました。吹き矢の毒の量を調整します」

「いや、そういう意味ではなく……」

「そんなことより、早くアロワナに会いたいです。かっこいいんですよぉ。どんな顔してるのかなぁ。スプーンヘッドだったら、ゾクゾクだなぁ」

エレベーターで今度は地下まで下りる。地下には駐車場があり、そこには一台の覆面パトカーが停《と》まっている。運転席にいるのは、芦部《あしべ》巡査部長だった。久しぶりの出番とあって、張り切っている様子だ。須藤たちの姿を見ると、車から飛びだしてきた。

「須藤警部補、薄巡査、お久しぶりです」

「急な呼びだしですまない。今回は少々、特別な依頼でな」

「大丈夫です。日塔警部補からは了解をもらいましたから」

「タカの一件では日塔殿にも世話になった。ヤツはどうしてる？」

「いやもう、バリバリですよ」

薄が全身を小刻みに震わせながら言った。

「雷にでも撃たれたんですか？」

「……いや、そうじゃなくて、とにかく元気で……そう、サメみたいに」

「サメぇ？　サメは本来、臆病《おくびょう》な生き物で、日塔警部補のイメージには合わないです」

「サメが臆病って、そんなバカな。だってサメは人を食べちゃいますよ」

「それは映画の影響を受けすぎです。サメはめったに人を襲いません。時々、サーファーが襲われたりするのは、別の獲物と間違えただけで……」

須藤はたまらず割りこんだ。

「薄、日塔もサメもこの際、どうでもいい。現場だ。アロワナだ」

「そう、そうでした。芦部さん、早く、早く」

薄は車の後部シートにちょこんと座る。振り回されっぱなしの芦部であるが、当人はまんざらでもない様子である。嬉々《きき》として運転席に戻り、シートベルトをつけた。

須藤は薄の横に座る。その様子をバックミラーで確認した芦部がエンジンをかけながらきいてきた。

「警部補、行き先の指示を」

「千代田区紀尾井町《ちよだくきおいちよう》だ」

「都心のど真ん中じゃないですか！」

「紀尾井町にある紀尾井町・東京グリーンモンスまでやってくれ」

「判りました」

車がスタートすると、須藤は自身のスマホ画面に動画サイトをだした。

「薄、まずこれを見て欲しいんだ」

福家から聞いていた動画を流す。室内で撮った鮮明とは言い難《にく》い動画だった。まばゆい照明の中、巨大な水槽が映しだされる。中に泳いでいるのは、巨大な魚、アロワナだ。全身紅葉《もみじ》のような美しい赤色をしており、頭頂部から背中にかけては、黒い文様がポツリポツリと浮きだしている。全身を覆《おお》う巨大な鱗《うろこ》は縁《ふち》のほうが真紅、中心部がわずかに銀色がかっていて、その渋《しぶ》いグラデーションが、巨大魚の風格を際立たせていた。動画はそんなアロワナの全身を、そして優雅な泳ぎっぷりを惜しみなくアップで映しだしていく。

画面を見つめる薄の表情が、かつて見たこともないくらい険《けわ》しくなっていることに、須藤は気づいていた。

実のところ、電話をかけてきた福家は、何一つ詳しいことを口にしなかった。ただ、薄にこの動画を見せ、紀尾井町の住所に向かって欲しいと告げたのみだ。適当にまとめたファイルのみで現場に向かわせる石松のやり方とまったく同じである。

「薄、何か思い当たることでも？」

「ありません。でも三日ほど前、眼《め》の前に植木鉢が落ちてきました。通りかかったマンションの上階から住人が誤って落としたそうです」

「おまえ、何の話をしてるんだ」

「須藤さんがきいたんじゃないですか。だから、重いものが当たったことはないけれど、当たりかけたことならあると答えたんです。そんなことより須藤さん、この動画、いま古代魚愛好家たちの間で話題になっているんです。私、何度も見てますよ」

「それを思い当たるって言うんだよ！」

「え？」

「いや、こっちのことだ」

「アップしたのはイチロー01という人なのですが、本名も性別も判らないんです。このアロワナが何処《どこ》にいるのか、みんな頭をちぎっているんですけど」

「頭を捻《ひね》っているんじゃないのか？」

「あ、そう、そうです。さすが須藤さん」

「この動画がなぜ話題になったのか、当然、知っているよな」

「はい。このアロワナの額のところ、よく見てください。そう、頭頂部の黒くなり始めたところです。三日月形の傷がありますよね。この個体は、通称クレセント。十年前、シンガポールに住む実業家ウェイン・ウンの元から盗まれたものに間違いないと思います」

須藤は動画を止め、携帯をしまう。

「さすがだな」

「クレセントは、十年前、シンガポールで行われたアロワナのコンテストで金賞をとったんです。まあ、そのときはまだ額の傷はなかったんですけどね」

「それはどういうことだ？」

「コンテストが終わって、会場から飼い主と共に帰宅する際、乗っていた車に、別の車が突っこんだんです。幸いウェイン・ウンも含め死傷者は出ず、アロワナも無事でした。ですが、水槽内で暴《あば》れたため、額に傷がついてしまったんです」

「さっき十年前に盗まれたと言ったが、つまりそのときに……？」

「いえ、盗まれたのはその時ではありません。飼い主と共に自宅に戻っています。盗まれたのは、その翌々日。獣医に化けた三人組が、警備厳重な屋敷内に侵入、抵抗した使用人二人に発砲し大怪我を負わせ、アロワナを盗みだしています。ウェイン・ウンも縛られ、酷《ひど》い暴行を受けたようです。たしか片目を失明したんじゃなかったかな」

「すべて、アロワナが動機なのか？」

「はい。現地の警察は、車に突っこんだ件とアロワナの強盗は同一グループによる犯行とみています。私もそうだと思います」

「事件は、未解決なんだよな」

「ええ。突っこんだ車は盗難車でしたし、犯人たちは指紋一つ残していません」

運転席から、芦部が言った。

「俺にはちょっと理解できないっすよ。魚盗むために、車で突っこみますか？　人を撃ちますか？」

薄が口を開く前に、須藤は言った。

「今さら何を言ってる。おまえも何度か見てきただろう？　ペットは人殺しの動機に十分なり得るってこと」

「はぁ……」

それでも、この仕事に就いて日の浅い芦部は、なおも釈然としない様子だった。

須藤は薄にきいた。

「犯行はプロの仕事のようだな？」

「はい。警察もそう考えて、地元のギャングを中心に捜査を進めたようです。その結果、何人か容疑者が浮かんだものの、決め手がなく、未解決に終わりました」

「だが、アロワナってのは、それほどの魅力があるものなのか？」

「何を言ってるんですか、須藤さん。そんなんじゃ、芦部さんに説教するなんて百年早いです」

薄はやれやれと言った表情で腕を組んだ。物を知らない子供に教え諭《さと》す母親のような目つきになっている。大いに面白くない状況だが、もういちいち腹をたてることもなくなった。須藤は薄の言葉を傾聴すべく、じっとその目を見つめる。

「世界的に見ても、古代魚、特にアロワナの人気は高いんです。大きさ、形、色——飼育している人は、理想のアロワナを育てようと懸命になります。そうした人がどんな価値観で動くか、須藤さんも想像がつくでしょう？」

「アロワナを育てるのも命がけか……」

「アロワナは絶滅危惧《きぐ》種として商取引が禁止されていますが、一定の条件を満たせばこの適用を受けません。マレーシアにはたくさんの養殖場があって、アロワナの輸出が行われています。ただ、アメリカなどはいまだ取引を禁止しています。そのため、好事家《こうずか》は不法な手段で稚魚などを手に入れようとします」

「なるほど。そういうところには必ず、悪党どもがやってくる……か」

「その通りです。実際、フィッシュ・マフィアという組織もあって、アロワナをめぐる殺人や誘拐も起きているそうです。つまり……」

「コンテストで優勝した魚を、我が物にしたいと思う輩《やから》はあちこちにいるってことか」

「そういうことです。フィッシュ・マフィアが何者かに売るため盗みだした可能性もあります。一方で、別の国に住む大金持ちが、クレセント欲しさに何者かを金で雇った可能性もあります。上手く実行犯を捕まえたとしても、それ以上辿《たど》るのは、正直、難しかったでしょうねぇ」

アロワナをめぐる背景が判ってくるにつれ、福家がわざわざ須藤を名指しした意味が理解できてきた。こいつは思っていたより、はるかに危険で面倒な案件かもしれない。

「だが日本国内に関する限り、そんな物騒《ぶっそう》な話はないんだろう？」

「F2以降、つまり天然魚の孫以降の世代であれば、例外とみなされ取引ができるようになっていますから、養殖業者にとってみれば、中国と並ぶ得意先ということになります。アロワナは龍魚とも言って、中国の人たちの間では縁起のいい魚とされています」

「龍に加えて紅か。赤いアジアアロワナの人気が高いのもうなずけるな」

「日本人は金色を好んだようなのですが、最近では中国同様、スーパーレッドの人気が高いようです」

「さて、そこで例の動画、ジロー、いやサブローだったか？」

「イチロー01です」

「盗まれた魚の動画が、こうして堂々と公開されている。大問題だ」

「特に、この個体には額の傷という特徴があります。その上、クレセントが誘拐され行方不明であることもよく知られています。好事家の中には、この動画の真偽も含め、イチロー01氏の居場所を突き止めようという動きもあるんですよ」

「正確な居場所はまだ判らないんだな」

「ええ。でも、時間の問題だと思いますよ。国についてはすでに特定されていますから」

「どこだ、それは？」

「ここです」

「日本か？」

「水槽は幅百八十センチ、奥行き七十五センチ、高さ六十センチのアクリル製、ごく一般的なものなので手がかりになりません。オーバーフロー式の濾過器《ろかき》を使用しているようなのですが、水槽台に扉がついているため、確認はできません。背景も暗くてほとんど何も映っていないのですが、それでも、いくつか手がかりはあります」

「もしかして、おまえも考えたのか」

「もちろんです。私が気づいたのは、水槽の上です。アロワナの水槽には蓋《ふた》が必要です。アロワナは驚いたりすると、ものすごい力で飛び跳ねます。きっちり蓋をしていないと、水槽を飛びだしてしまうんです。用心深い人は、蓋の上に重しになるものを置いておきます。クレセントの水槽の上にも、ペットボトルと思われるものが置いてありました。私、何度も確認して、友人に画像解析まで頼みました」

「そこまで……したのか」

「気になるじゃないですか」

「それで、判ったのか」

「百パーセントたしかではないですが、ラベルの読み取りに成功しました。一・八リットル入りの焼酎《しょうちゅう》大五郎でした」

「……なるほど。日本の確率は高いな」

「ほかにも、水槽台の端《はし》に日本の家具メーカーのロゴがあるとか、ちらっと映るエサ用の缶の表記が日本語っぽいとか、いろいろな情報があります。三人寄ればエッチの呪文です」

「文殊の知恵だ！　都合のいいところだけ逆になってるだろう。で、もう少し詳しい住所までは判らないのか？」

「さすがにそこまでは無理です。ただもう少し時間をかければ何とかなるかも」

芦部が声をかけてきた。

「そろそろ、目的地ですよ」

車は大通りを左折する。皇居や官庁街が近くに控《ひか》えているだけあって、高層建築はあまりない。そのかわり、一軒あたりの敷地《しきち》は広大であり、そのせいかどこか昭和の雰囲気がそこここに残っている。

そんな中、真正面にひときわ巨大な建造物が見えてきた。ホテルの跡地に造られた、高層マンション、紀尾井町・東京グリーンモンスである。名前の通り、周囲を緑に囲まれている。木々は、もともとそこにあったものを使用し、流れる小川は暗渠《あんきょ》であったものを再生したと聞く。

芦部が口を尖《とが》らせて言った。

「一番安い部屋でも、億いっちゃうんだそうですよ。場所柄、政治家たちが買《か》い漁《あさ》ったって噂もあります」

「俺たちには判らん世界さ。ま、政治家なんてつぶしの利《き》かないバカのなる商売だ。ほかに何もできないボンクラだから、仕方なく政治家になるんだよ」

「あれ」

角を曲がったところで、芦部がスピードを緩《ゆる》める。

「何か、様子が変ですよ」

グリーンモンスに通じる道に、パトカーが停まっている。それも一台、二台ではない。道を塞《ふさ》ぎ、通行を完全にシャットアウトしている。バリケードのごときパトカーを、何事かと出てきた近隣住人が取り巻き、あたりは騒然としている。

「近づきすぎると厄介なことになりそうだな。芦部巡査部長、ここからは俺たち二人で行く。指示があるまで待機だ」

「了解しました」

「薄、行くぞ！」

紙袋をガサガサ言わせながら、薄が外に出る。

「へえ、都心にこれだけの緑があるのは、いいことですねぇ。人が多いのがちょっと残念だな」

「薄、人がいるから、こうして緑が整備されるんだ」

「人なんて必要ないですよぅ。うちの近所に空き家があるんですけど、そこの庭、ほんの数日で草に覆われちゃうんです」

「雑草だろう？」

「雑草っていう草はないんです！　センダングサ、ヤエムグラ、イノコズチ、外来種もありますが、どれも生命力があって、成長も早いんです。人間なんてココイチですよ」

「イチコロだ」

「ちょっと、あんたら、なに？」

パトカーの間をすり抜けようとして、恰幅《かっぷく》のいい制服警官に止められた。須藤はともかく、薄は目立つ。

須藤は警察手帳を示し、低い声で言った。

「須藤警部補だ。こっちは部下の薄巡査」

警官は「失礼しました」と敬礼し、道をあけてくれた。

グリーンモンスの一階ロビーは、さらに物々しかった。正面玄関全体を囲むように黄色いテープが張られ、鑑識の人間が何人も走り回っている。須藤は少し離れたところに立ち、知った顔を探すが、誰もいない。

「あのぅ……」

突然、横から声をかけられた。機動鑑識班の制服を着た、細身の男が立っている。

「須藤警部補、ごぶさたしています」

「おまえ、二岡《におか》じゃないか」

二岡友成《ともなり》、若いが優秀な男である。二岡はそっと須藤に耳打ちした。

「実は、福家警部補から連絡をもらっていまして……」

「ほほう。なら説明してもらおうか、この状況はいったい何なんだ？」

「ちょっと待ってください。言い間違いがあるといけないので……」

二岡はポケットからメモを取りだしページをめくり始めた。

「福家警部補を見習って、メモをとることにしたんです。ええっと、馬力階次郎《まりきかいじろう》、ご存知ですか？」

「当たり前だ。現内閣の内閣管理室室長だ。政権のナンバーツーとも言われているな。もっとも、極右思想の持ち主で失言も絶えない。巷《ちまた》では、そのものズバリ『バカ』と言われているようだが」

「バカでも何でも、政界への影響力は強大のようです」

「ヤツの地元はたしか京都だったよな。で、馬力がどうしたんだ？」

「彼には息子が三人います。長男は父親の跡をついで政治家に。次男は銀行に就職、現在は大阪で家族と共に暮らしています。問題は末っ子の馬力光吉《みつよし》です」

「政界のエリート一家なんだ。商社にでも入って海外勤務ってところか？」

「それが、定職につかず、引きこもりのような生活を送っていました」

「ほほう。絵に描いたような落ちこぼれ……、待て、送っていました？　おまえ今、いましたって言ったよな。それはつまり……」

「ここの三階が、彼の自宅でした。本日早朝、馬力光吉は遺体で発見されました」

「何と……」

「玄関ドアがわずかに開いたままになっていたようです。その状態が長く続くと、警備員室に連絡がいきます。何度呼びかけても応答がない。そこで警備員が部屋に行き発見したというわけです」

思わず目の前にそびえる建物を見上げてしまう。政治家の三男が殺害されたというのであれば、この物々しい雰囲気も納得できる。須藤のような「部外者」がここまでノコノコ入ってこられたのは、奇跡のようなものだ。

「となると、もはや俺たちの出番はないってことだな」

「いえ！」

二岡が両手を広げ、須藤たちの行く手に立ちふさがる。

「福家警部補がお二人に連絡したのは、まさにこのためなんです」

「あん？　どういうことだ？」

「いるんです、部屋に」

「何が？　幽霊か？」

「幽霊ならかわいいもんです。でっかくて獰猛《どうもう》そうな、真っ赤な魚が。しかも額に三日月形の傷があって……」

薄が須藤の背後から飛びだしてきた。

「イチロー！　イチロー01」

薄の勢いに合わせ、二岡は数歩飛び退がる。

「え……あの、この……人は？」

「俺の部下の薄巡査だ」

「あぁ、この方が。噂はかねがね聞いていました」

須藤の頭は混乱していたが、それでも、福家の思惑と薄の興奮、彼らから聞いた情報の断片を精査すれば、導きだされる結論は一つだけだった。

「馬力光吉が、イチロー01。つまり、クレセントの所有者、あの動画の主《ぬし》ってことになるわけか。こいつは、参ったな」

二岡と薄は、キラキラと光る目で須藤を見ている。

「須藤警部補、早く中へ」

「須藤さん、早く行きましょう！」

「待て、そうはいかんよ。この事件の担当は誰なんだ。一応、仁義ってものもある。挨拶をして許可をもらわないと」

「それやったら、別にかまいませんよ」

早口の関西弁が須藤の背後から聞こえてきた。ハスキーではあるが、間違いなく女性の声だ。

振り向いた先には、紺色のスーツをぴしりと着こなした長身の女性が立っていた。前髪は瞼《まぶた》の上で綺麗《きれい》に切り揃えられ、細く鋭い目つきをさらに険しいものにしている。真っ白な肌に細い指、どこか人形然としていて、あまり生命力を感じない。女は身分証を掲げる。

「福家警部補と交代でこちらに来ました、京都府警の静恵《しずかめぐみ》と申します。赴任そうそう、こんなどえらい事件《ヤマ》回されて、正直なところ、困ってました。政治絡みや言うだけでも面倒やのに、あんな魚まで居《お》って……。お二人が協力してくれはるんやったら、願《ねご》うたり叶《かの》うたりですわ」

須藤も身分証を見せた後、頭を下げた。

「では、我々も捜査に協力させていただく。まずは現場を見せてもらおうか」

「ご自由に。話は通しておきます。うちは一課長に呼ばれてますんで、ちょっとの間、離れます。難儀なことですわ」

京都弁をサラサラとまくしたてた後、静はさっさと背を向けて行ってしまった。

「なんだか、また妙なのが来たなぁ」

二岡がささやいた。

「京都の方では、やり手で評判だったそうですよ」

「福家と交換で送られてくるような人間だからな。まあ、ただもんじゃないんだろう。さて、お許しも出た。二岡、案内してくれ」

二岡の引率で、須藤は正面玄関を入った。ガラス張りの広々とした空間が広がっている。天井は高く、右手には女性三人が座る受付カウンターと、待ち合わせに使うのだろう、革張りの椅子《いす》が並び、その脇《わき》には、丸やら三角の形をした意味不明のオブジェがあった。普段は、それなりのステイタスを持った者だけで整然としている場所なのだろうが、今は、警官、鑑識などで雑然としている。

奥にあるエレベーターで三階へ。各戸に通じる廊下は、こうした高級マンションを見慣れている須藤でさえ、思わず「おっ」と身を引きたくなるほどに豪華な内装だった。やわらかな照明に高級絨毯《じゅうたん》、エレベーターホールの壁には、並のものではないと思われる絵画がかかっている。

被害者の素性もあってか、出入りする警察官の数も多い。静寂を約束するはずの廊下も、今は雑踏の中にあった。

廊下は入り組んでいて、角を曲がるたび、方向感覚がおかしくなる。現場である三〇九号は廊下の一番奥、角部屋で南向きの条件の良《い》い部屋だった。

警官たちの間をぬうようにして中に入ると、まず漂う異臭に気づく。遺体からではない。発生源は、広々としたキッチンに積まれたゴミ袋の山である。中身は、コンビニやスーパーなどの弁当類、デリバリーのピザ、ペットボトルの飲料の空容器で占められている。

その先は広いリビングになっていた。大きな窓があり、そこから緑に包まれた中庭が見下ろせる。だが部屋は、ほとんど使われたことがないようで、安っぽい折りたたみ式の座卓が一つあるだけ。長らく掃除をした様子もなく、床全体にうっすらとホコリが溜《た》まっていた。

隣は同じくらいの広さの客間になっていたが、こちらもリビング同様、安物の戸棚が壁際に一つ置かれているだけだ。中には洋酒からワイン、焼酎に至る酒類が詰めこんであった。

床に転がる汚れたグラスを見下ろしながら、須藤は二岡にきいた。

「荒《すさ》んだ生活だったようだな。全部で何部屋あるんだ？」

「広さは百二十平米、部屋数は、ええっと、リビングにキッチン、客間、物置の部屋もあったんだよな、あと……」

「そろそろ現場を見せてくれ」

「こちらです」

二岡が案内したのは、北側に面した六畳ほどの部屋だった。開いたままのドアから、若手刑事が一人、青い顔をして飛びだしてきた。手で口元を押さえている。二岡が不安げに言う。

「かなり酷い状態です。薄さん、大丈夫ですか」

「こいつなら心配無用だ。おまえなんかより、よっぽど酷いものを見てきている」

「では、どうぞ」

二岡に促《うなが》され、須藤は薄とともに部屋に入る。その場にいた鑑識、刑事たちの表情は一様に硬い。それもそのはず、鑑識の持ちこんだ照明に照らしだされている馬力光吉の様子は、凄惨《せいさん》としか言いようのないものだった。椅子に縛られたまま、激しい拷問を加えられたようだ。顔は全体が腫《は》れ上《あ》がり、口からは粘性を帯びた血が、一定のリズムでしたたり落ちていた。椅子の真下には大きな血溜《ちだ》まりができている。

「こいつは酷いな」

二岡が答える。

「犯人は拷問を加えたようです」

薄が「えっ⁉」と声を上げた。

「肛門《こうもん》ですか。でもあそこはかなりデリケートです。何を加えたのか知りませんが、ちょっとした圧力で裂けてしまいますよ」

「肛門じゃない、拷問」

「肛門じゃないというと、黄門！　知ってますよ、陰嚢《いんのう》持ったおじいさんが、人々を土下座させるんですよね。でも陰嚢にそんな効力はありませんよ。そもそも陰嚢というのは、睾丸《こうがん》を包むもので……」

「誰が金玉の話をしてるんだ」

「金玉ってすごく曖昧《あいまい》な概念ですよね。男性器のどの部分を指すのでしょう」

「玉ってくらいだから、丸くてぶら下がってるあれかな」

「やっぱり陰嚢ですよ！」

「あのう」

　二岡が困惑顔で割りこんできた。気がつくと、その場の全員があっけに取られた表情でこちらを見ていた。

　須藤は咳払《せきばら》いをして、遺体の検分に戻った。

「では、ちょっと拝見」

　殴打を繰り返されたのだろう、唇《くちびる》は裂け、折れた歯が何本も床に転がっている。両手は椅子の背にくりつけられ、左右の人差し指が折れて曲がっていた。左右の足首はガムテープでぐるぐる巻きにされていて、はいているデニムは右膝《みぎひざ》のところが酷く破け、そこから血が滲《にじ》んでいる。

「ねえ、須藤さん、クレセントは?」

「薄、拷問死した青年がいるんだ。まずは……」

「拷問したのは素人《しろうと》……というよりただ乱暴なだけのチンチクリンですよ」

「どうして判る?」

「こんなことするのは、大抵、チンチクリンに……」

「そこじゃない。どうして素人だと判る?」

「私が拷問するのなら、いきなり顔はやりませんよぉ。やりすぎると、喋れなくなっちゃうじゃないですか。首と顔は最後です。まずは足ですねぇ。足先には神経が集中していますから、効果的なんです」

「爪が割れている。これも拷問の……」

「それは、椅子に縛りつけてから踏みつけただけです。イライラして、ついやっちゃったんでしょう」

「膝の擦り傷は？」

「被害者が逃げようとして転んだだけだと思います。私ならまずつま先を針で刺して、次は膝かな。効きますよぉ。足を使えなくして逃亡も防げますから、出前一丁！」

「一石二鳥な」

「そう、二丁です。膝の次は手の爪かなぁ。一枚ずつ剝《は》がすんです。それでもだめなら、腹を責めて、それでもダメなら、肉体への攻撃はいったん休みます。真正面から電気で照らして、ヘッドホンで大音量の音楽を聞かせ続けるんです。でもやりすぎると、精神が参ってしまって自分が誰かも判らなくなっちゃうんで、ほどほどに」

「拷問はもういい。二岡、いま薄が喋ったこと、鑑識の目から見てどうだ？」

薄との奇天烈《きてれつ》なやり取りを聞いても、二岡だけは平然としている。普段から福家に鍛《きた》えられているせいだろうか。

「僕たちの見立てとも一致します。ただ、犯人は拷問はともかく、殺しについては慣れている感じがします。初犯ではないですね」

「侵入経路はどうなっているんだ？　二十四時間、受付に人はいるし、防犯カメラだって……」

「それが、入居者が許可した場合だけ利用できる、別の入り口があるんです。地下の駐車場から直接、マンション内に入れる特別のエレベーターがありましてね。そちらには防犯カメラもありません」

「ふむ。秘密の来客用か。ということは犯人は顔見知りの可能性が？」

「ええ。受付の女性や防犯カメラをざっと確認したところ、事件前後に不審人物の出入りはありません。被害者が自ら許可をだし、地下駐車場のエレベーターを使わせたか、あるいは、外出した本人を途中で襲い、脅して地下駐車場から入ったか」

「被害者は引きこもりなんだろう？」

「一日一度、付近のコンビニまで行くのが日課だったようです。といっても、この近くにコンビニなんてありませんから、歩いて十分くらいのところです。深夜の二時ごろに姿を見かけたと店員の証言も取れています」

「その時間では、ほかに目撃者もいないだろうな」

「それが、このグリーンモンスの敷地内にはいくつか防犯カメラがあります。そこに、パーカーを着た不審な二人組が映っていまして……」

二岡は専用のタブレット端末をだし、そのデータを須藤に見せた。不鮮明な画像ではあるが、薄暗い深夜の道に、二人の人影がある。

二岡は言う。

「フードをかぶっているため顔までは見えないのですが、長身でがっしりとした体つきです。かなり特徴的ではありますね」

「これが撮られたのは何時ごろのことだ」

「昨夜の午前二時過ぎだそうです」

「コンビニ詣《もう》での時間と合うわけか。店から戻ってきた被害者を路上で襲い、脅して地下の出入り口から中へ。部屋で殺害し、同じく地下から逃げた……」

「はい。入るときは住人が居室から解錠キーを押すか、暗証番号を入れるかする必要がありますが、出るときは自由だそうで」

「ほぼ決まりだろう。つまり、犯人は被害者の習慣を摑《つか》んでいた。待ち伏せといい、かなり計画的だな。さて、そろそろ本業に取り掛かろうか。魚はどこだ？」

「そっちの部屋です」

二岡が指す方を見ると、奥の壁にドアが一つある。遺体に気を取られ、今まで気づかなかった。

よくよく観察してみると、奥の壁は薄い板でできており、明らかにほかの部分と造りが違う。

「一つの部屋を分けたのか。この壁とドアは新造したものだな」

「その通りです」

須藤はドアを開けた。コポコポというかすかな水音が聞こえる。中に入ってまず目に飛びこんできたのは、巨大な水槽、そしてその中で泳ぐ深い赤色をした巨大な魚だった。

「これが、スーパーレッドか……」

巨大な水槽以外、ほとんど何もない。ペットである、アロワナのための空間だった。

「あのぅ」

二岡が低い声で言った。

「捜査の方はどうなるんです」

「福家からどう聞いていたのかは知らないが、俺たちの仕事は、残されたペットの世話だ。事件の捜査は担当の静警部補殿にお任せするよ。ただし」

須藤はすでに水槽にへばりついている薄を指さす。

「あいつの出方次第で、状況は変わるがな」

「じゃあ、僕は持ち場に戻ります」

二岡はそう言い残し、部屋を出ていった。

須藤は携帯を取りだし、あの動画を再生する。光の当たり具合は違っているが、水槽台の色や形、背景の壁の色など、動画はここで撮られたものに間違いない。つまり、イチロー01は、被害者馬力光吉である可能性が高い。もし目の前の魚がクレセントであるならば、彼は盗品を飼育していたことになる。それも、シンガポールで盗まれた、曰《いわ》く付《つ》きの品だ。

こいつは厄介なことになったなぁ……。軽い頭痛と共に浮かんできたのは、福家の顔だった。あいつは、馬力光吉の殺害及び現場にクレセントと思《おぼ》しきアロワナがいる情報を摑んだ。そして、すぐに須藤に連絡をした。アロワナの存在自体が、政治的圧力で隠蔽《いんぺい》されるおそれがあったからだ。そこで、正規の手続きを踏む前に、最低限の情報だけ与えて、いきもの係を事件に関《かか》わらせた。

あいつは、やっぱり魔女だ。厄介事に巻きこみやがって。

須藤は薄と肩を並べ、水槽を見つめる。薄は須藤の存在すら忘れたかのように、うっとりと赤い魚を見上げていた。

「すごいなぁ。たしかに赤の美しさは衰えていますが、その分、加齢による色の落ち着きというか、渋さというか、やっぱりこれ、芸術ですよ」

須藤は正直なところを口にする。

「俺にはよく判らんなぁ。たしかに色は綺麗だが、顔つきはちょっと間抜けじゃないか。下顎《したあご》が突き出ていて、目だってギョロギョロしてる」

薄がくるりとこちらを振り返り、須藤をぴしりと指さしながら言った。

「そこがいいんじゃないですか！　優雅でありながら、この間抜け面。美と愛嬌《あいきょう》を併せ持つ、最高の癒やし」

「ますます判らねえ。錦《にしき》ゴイなら多少は理解できるが」

「さすがは須藤さん、今、コイは世界で人気が高まっているんですよ。日本の品評会には世界各国からバイヤーが来ますし、取引価格も跳ね上がっています。アロワナより高額な個体もいっぱいいます」

「へぇ」

魚なんて食べることにしか興味がない須藤には、それ以外に言葉はない。

「コイの養殖は二四〇〇年くらい前に中国で始まったと言われています。それが日本に伝わって、錦ゴイが誕生するわけです」

「なるほど。いや、コイはいいんだよ、今はアロワナだ」

「スーパーレッドを含むアジアアロワナの生息域は、東南アジアです。中でもスーパーレッドは、インドネシアのボルネオ島、カプアス川上流にある湖にしか生息しないと言われていたものなんです。湖の名前はセンタラム湖というんですが、少し前まで首狩族が本当に住んでいたと言われるようなものすごい秘境なんですよぉ」

「まだそんなところが、残っているんだな」

「でも、今は大分変わったみたいです。スーパーレッドもあらかた獲《と》り尽くされて、地元の人でもほとんど見かけないとか」

眼の前の水槽の中では、紅龍と言われる巨大魚が、周囲の喧騒をよそにゆったりと泳いでいる。

「はるか昔から生き延びてきた古代魚が、ここに来て人間のために絶滅寸前か……」

「一口に古代魚と言ってもいろいろな種類があります。ポリプテルスから肺魚にピラルクー、どれも人気のある魚たちですが、それぞれに問題点も抱えているんです」

クレセントの大きく銀色に光る丸い目が、須藤たちの前を過ぎていく。薄の表情が魅入られたかのようにうっとりとなった。

「成魚ではありますけど、体つきといい色といい、申し分ないです。第一鱗框《りんかく》から鱗《りん》底《てぃ》にかけて、真っ赤に染まっているでしょう？　でもほら、光の当たり具合によっては、金色に輝いて見えたりするじゃないですか」

たしかに、薄の言う通り、実に美しい。肉食とあって見た目は獰猛そうだが、動きはゆったりとしており、胸ビレをチョコチョコと動かし、まるで地面を歩いているような仕草《しぐさ》を見せたりもする。

「それでこのクレセント、具合はどうなんだ？　まあ魚だから、目の前で主人が殺されたところで、心痛めたりはせんだろうが」

「何言ってるんですか！　稚魚のときから飼育していれば、アロワナは人に慣れるんですよ」

「慣れる？　この魚が？」

「名前を覚えたり、芸をしたりするわけじゃないですが、人を極度に怖がったり、暴れたりといった行動はなくなるとされています」

須藤は少し前に担当したピラニアの一件を思い起こしていた。ピラニアも見た目やイメージとは異なり、臆病で人を襲ったりはしない魚だった。

「人と同じ、見た目で判断はできないということか」

「でも、いざとなったら指に食いつきますし、さっきも言いましたけど、ちょっとした覆いくらいだったら撥《は》ね除《の》けて、水槽から飛びだしちゃうんです。餌《えさ》の食べ方も見ものですよぉ。金魚とか頭からガブッ！」

ヘビにしろフクロウ、ピラニアにしろ、給餌《きゅうじ》が飼育の楽しみの一つと言われているが、須藤にはいまだ理解できない。何を好き好んで冷凍のウズラを裂いたり、マウスを解凍したりせにゃならんのだ。

「さあて、始めようかな」

鼻歌でも歌いだしそうな様子で、薄は水槽脇にある液晶画面で水温を確認する。

「二十八度、サーモスタットもついていますから、心配ないですね」

水槽の中には、濾過器に繋《つな》がる排水用、取水用のパイプ、それに左側面に吸着させてあるヒーター、また糞《ふん》を吸引すると思われるタンクが一つ、沈んでいる。

「水草や石を敷いたりしなくていいのか？」

「水質さえ保《たも》っていれば、別に必要ありません。アロワナの場合、色を楽しむ人が多いですから、水草などはかえって邪魔になります」

「そんなものか。そう言えば濾過器が見当たらないな。薄はさっき、オーバースローとか言っていたが」

「それは上手投《うわて》げ。相撲《すもう》の決まり手ですよ」

「嘘《うそ》をつくな！　そんな話、聞いたこともない。オーバースローは……」

「それを言うなら、オーバーフローです。通常は水槽の上に循環式の濾過器を取りつけます。上部フィルター式と言いますが、これだけ大きなアロワナを飼育するのであれば、より多くの濾材が使えるオーバーフロー式がお勧めです」

「その濾過器ってのはどこにある？」

「水槽の下、水槽台の中ですよ」

薄は光沢を放つ立派な水槽台の扉を開いた。観音開きの向こうには、太いパイプで水槽と繋がれた透明の箱が二つ、並んでいる。中に入っているのは、真ん中に丸い穴の空いたリング状の物質だ。見た目はちくわを輪切りにした感じである。薄が言った。

「中に詰まっているのは濾材です。セラミック製のものが主流です。バクテリアが繁殖し、水質を安定させてくれるんです。小石やサンゴを使う人もいますが、市販のもので十分だと思います。不安な場合はこれも市販されているバクテリア溶剤を使うのも手です」

薄は持参の紙袋から、電子体温計のようなものを取りだすと、それを水槽内の水につけ、そこに表示される数値をチェックし始めた。

「それは、何だ？」

「水質測定器です。水質はアロワナの生育はもちろん、発色にも影響してきますから大切です。pH５・５から7、硬度0から3の軟水が良いとされています。うん、水質は問題なし。大事に飼われていたみたいです。さて、あとは……」

「餌か」

「ピンポーン」

「こいつは肉食だろ？　となると、また……」

「ええ。生き餌《いえ》となるとまずコオロギ。ミールワームなんかもいいですね。金魚は毎回毎回与えるのはちょっと難しいでしょうから……。あ！」

部屋の隅《すみ》に何か見つけたようだ。

「なるほど。人工乾燥フードがありますね。でも見たところ、コオロギは飼育していないのかな。となると、あとは冷蔵庫……」

須藤は廊下の方に向かって叫んだ。

「二岡！　二岡ぁぁ」

「はい、はいー」

二岡が駆けこんできた。静かに歩けと仲間から怒られている。須藤は構わずにきいた。

「冷蔵庫や冷凍庫の中はもう調べたのか？」

二岡はタブレットの端末に目を落とす。

「調べは済んでいます。自炊はほとんどしていなかったようで、中にあったのは、酒類と……あ、ええっと、半生《はんなま》の虫が入ったパックがあったと記録されていますね。これは……」

薄が言った。

「あ、それ多分、半生のコオロギです。日持ちはしませんが、乾燥タイプよりは栄養価が高いんです。多分、定期的に宅配を頼んでいたんじゃないかなぁ」

「あと、丸いケースに入った……なんかミミズみたいな気持ち悪い虫も」

「ミールワームだと思います。ジャイアントタイプかな」

「ありがとう、助かったよ」

須藤は、気味悪げに薄を見つめる二岡に礼を言った。

「どうする？　餌をやるか？」

「いえ、まだお腹《なか》は空いていないみたいですから、給餌は後で大丈夫です」

薄はあらためて水槽に顔を近づけ、アロワナの様子を観察し始めた。近づいてきた薄を、アロワナは恐れることもなく、それどころか、親愛を示すかのように、するすると巨体を薄の側に寄せてきた。口をかすかにピクピクとさせ、何ともかわいらしい仕草もみせる。

アロワナは人に慣れると言っていたが、どうやら本当のようだ。

薄は満足そうにうなずく。

「状態はすこぶるいいですね。目垂れや病気の徴候もなし。こんな機会、めったにないですから、私、今日からここに泊まりこみます」

「泊まるって、ここは殺人現場だぞ」

「それが何か？　見張りが必要なんだったら、私が引き受けます」

「そういう意味じゃなくて、怖くないのか」

「怖い？」

「こんな惨《むご》たらしい、血みどろの家だぞ」

「どうってことないですよ。前に話しましたよね、北海道《ほっかいどう》のフィールドワーク中、クマに襲われた話。私以外の人はみんな食べられ……」

「もういい。好きにしてくれ。ただし、俺は自宅に帰らせてもらうからな」

「はーい。そうなると、今晩は私とクレセントの二人だけ……一人と一匹だけ。水入らずで語り合おうねぇ。あ、魚だから水がないと無理か」

「馬鹿《ばか》な独り言《ひとりごと》言ってんじゃないよ」

アロワナの健康状態については問題なし。となると、須藤たちがここにいる理由はなくなる。しかし……。

「あれ？」

薄が首を傾げ、水槽の上を見上げている。

「どうした？」

「水槽の蓋の上に、ペットボトルが置いてあるんです」

「それについては、おまえが説明してくれたじゃないか。アロワナは力が強くて、蓋の上に重しをしないと飛びだして……」

「そうじゃなくて、ボトルが二本あるんです」

「それが？」

「動画ではいつも、ボトルは一本だけでした。中に水が入っているとはいっても、ちょっと危ないなぁって思っていたんですよ」

「それなら、被害者本人が置いたんだろう。動画にはメッセージを送る機能もあったんだろう？　誰かに注意されたのかもしれん」

「でもこれ、見てください」

薄が示したのは、左側のペットボトルのキャップ部分だ。テープでグルグル巻きにしてある。

「万が一にも、中の水がもれないようにするための措置だと思います。でも動画に映っているボトルは、ただキャップを締めただけです」

「何が言いたい？」

薄は二岡に言った。

「このペットボトル、指紋は？」

「取ってます。右のものには、被害者の指紋が複数ついていました。左のものについては……、あれ、何も検出されていません。拭《ふ》き取《と》った跡があるようです」

「それって、どういうことだと思います？」

「い、いや、僕にきかれても……。担当の静警部補にも、この件はまだ報告が上がっていないと……」

薄は子犬のような目で、須藤を見上げた。

「須藤さぁん」

「判った、判ったよ。そんな目で見るな。だが、ペットボトルだけでは根拠が薄い。というよりもだ、今回はいつもと違ってまだ本格的な捜査が始まってもいないんだ。俺たちが勝手に先行するわけにもいかないだろう」

「んん？　んんー？」

「どうした？」

「濾過器の入っている水槽台の扉です。この内側のところ、かすかですが血痕《けっこん》が」

「え？」

須藤より早く二岡が駆け寄っていた。

「本当だ。参ったなぁ。見落としてた」

「比較的新しいものですね」

「被害者の血液でしょうかねぇ。さっそく調べます」

二岡は血を採取しながら言った。

「誰の血にしろ、ごく最近、このドアが開かれたことを示しています」

「一番可能性があるのは、犯人でしょうね。手に付着していた被害者の血液が扉に移った」

須藤は言う。

「だが、犯人がどうしてそんなところを開けにゃならん？　中にあるのは濾過器だけだろう」

薄が顔を輝かせながら言った。

「確認したかったんですよ。濾過器がちゃんと作動しているかどうか」

「何のために？」

「私と同じです。アロワナの飼育状態をチェックしたかった」

「人一人を拷問して殺した犯人だぞ。どうしてそんなことをしなくちゃならん」

「その話、詳しく聞かせてもらえますか」

靴音を響かせながら、静が入ってきた。

「警部補……あんた、一課長と一緒じゃなかったのか？」

「いろいろありまして、戻ってきましてん。うーん、ここ、血なまぐさいなぁ。それにあの魚、何やこっちが見られてるみたいで、気色が悪い」

薄がニヤリと笑う。

「おまえが魚を見ているとき、魚もまたおまえを見ているのだ」

「やめて。イワシの丸干しとか鮎《あゆ》とか食べられへんようになるわ」

静は鑑識作業の終わったリビングに行くと、窓から外の様子をうかがい見た。

「被害者が政治家の息子やからなぁ、えらいことになってる。うかつに出られへん」

静は戸棚の一つもないがらんとした部屋を見渡し、ため息混じりに言った。

「仕事もなし、友達付き合いもなし、ネット中心の生活で、食料や必需品の調達は宅配頼み。そんな男の唯一の趣味が、あの魚。ホンマ、開いた口が塞がらんわ」

「閉じてますよ、口」

「え？」

「塞がってます」

薄が口を真一文字に結び、静を睨《にら》んでいる。

「薄巡査やったっけ。あのな、関西人やからて、誰もが面白い返しできるとは限らへんのやで。うちはそういうの苦手でなぁ」

「尾《お》っぽがあるんですか？　それも白」

「はん？」

「カエシって名前の動物は知りませんが、白い尻尾《しっぽ》があるなんて、かわいらしいですね。それは何科、何目に分類される生物なのでしょう」

静は強張《こわば》った笑みを浮かべながら、須藤を見た。

「うち、なんか試されてますの？」

「いや。薄は誰に対してもこうなんだ」

「新手の新人イジメかと思いましたわ」

「それで、カエシの足は四本ですか？」

「薄、それはもういいんだ。今はアロワナだろう？　静警部補は事件の担当者だから、情報交換をしないとな」

何もない部屋なので、三人は立ち話をするよりない。静がすらりとした腕を組み、言った。

「各方面からあっという間に情報が集まってきましたわ。警視庁はさすがですなぁ。いつもこうなんですか？」

須藤は確信を持って首を横に振る。

「そんなことあるわけがない。もしあったとすれば、それは……」

「何か裏がある」

「で、その情報、こっちにも分けてもらえるのか？」

静は意味ありげに須藤を見る。

「動植物管理係、ええ評判と悪い評判、両方聞きますなぁ。さて、信用してええもんかどうか」

「好きにすればいい。俺たちの興味は人間様ではなく動物にある。あんたが出てけと言うのなら、さっさと退散するよ」

「さすが、かつて鬼とまで言われた警部補さん。一筋縄ではいきまへんな。そんな怖い顔、せんといてください。もともと協力をお願いするつもりでしたから」

「怖い顔は生まれつきでね」

上品に微笑《ほほえ》んでいた静の顔つきがにわかに引き締まった。

「これから申し上げることは、口外無用でお願いします」

「アジアアロワナは口蓋骨《こうがいこつ》に歯があるんです。無用なんてとんでもないことで……」

「薄、今は静警部補の話を静かに聞こう」

「はーい」

「実は、馬力光吉殺しの重要容疑者はすでに浮かんでいるんです」

「早いな。もしかして、アロワナ絡みか？」

「ええ。あの魚がクレセントと呼ばれ、ネットでも話題になっていたことは、すでに把握しています。現在確認中ですが、被害者がイチロー01であったことは、間違いないと思われます」

「クレセントは、十年前、シンガポールで盗まれた魚だ。それが日本にあるということは、何らかの形で密輸されたと考えねばならない」

「それを有力政治家の三男が飼育していたわけやから、大事《おおごと》になるのが判りますやろ」

「それで、当のバカ、いや、管理室室長殿は何と？」

「それが、反応が薄うて、こっちも肩透かしな気分なんです。三男のことは、勘当したも同然とか言うて、遺体の確認にも来んようです。父親にべったりの長男も同じで、結局、銀行勤務の次男がこっちに向かっているんですわ」

「勘当しようがしまいが、親族が密輸された盗品を飼育していたんだ。追及は免《まぬが》れん」

「さあ、どうですやろ。最近のマスコミは政権に首根っこ押さえつけられて、腑《ふ》抜《ぬ》けになってますさかいな。馬力の迫力に押されて、まともに報道できんのと違いますか」

「なるほど。逆に言うと、マスコミ対応で神経質になることはないか」

「それがそうもいかへんのです。一難去って、また一難。今度はシンガポールの方が」

「ウェイン・ウンか?」

静はうなずいた。

「彼にとってクレセントは因縁《いんねん》の魚です。調べたところ、イチロー01の動画が評判になり始めたとき、すでに行動を起こしていたようなんですわ。飼っていた魚を強奪され、自身は障害が残る大怪我を負わされた。ウェインの怒りは判ります。彼はずっと、強奪犯を独自に追っていたのかもしれません。その手がかりが出たわけですから、大人しゅうしてる方が無理ですやろ」

「しかし、ウェインはただの実業家だろう?」

「シンガポールの富裕層をなめたらあきません。ウェインは表向きこそ成功したビジネスマンですが、裏では各国のマフィアとも繋がる、危険な男です」

「そんな男が魚一匹で血相を変える……か」

鱗をぎらつかせながら泳ぐ、真っ赤なアロワナ。須藤には理解できなかったが、その魔力にはまる者も多々いるのだろう。

静は素早い動作で、一枚の写真を見せた。粗《あら》い画像だったが、屈強なアジア人男性が二人写っていた。二人とも身長百九十近くあるだろう。左の男はバックパッカーが使う大きなリュックを背負っていた。右の男は切れ長の目をしており、シャツからのぞく筋肉にはしなやかさが見て取れる。

「一昨日、入国したことが確認されています。共にウェイン配下の者のようです。右がケルビン・クエイ。左がリイ・ジョン・セン」

「本名かどうかは怪しいがな」

「来日目的は共に観光となっていますが、予約していたホテルに姿がありません」

「決まりか」

「彼らはウェインの命を受け、クレセントを奪った真犯人を見つけに来たんでしょう」

「そしてまず、クレセントの所有者を襲った」

「クレセントほどの大物、いくら政治家の息子とはいえ、個人で盗み持ちだすことなどできるわけありません」

静は、須藤の脇で黙りこんでいる薄に目をやった。

「どうです薄巡査？　話についてこられてますか？」

薄は彼女にしては珍しく、ひどく深刻な表情で言った。

「密輸ブローカーですね。ホウシャガメやフィジーイグアナなどの密輸はいまだなくなりませんし、タイからベトナムにかけて、広く勢力を維持するブローカーの存在も確認されています。それらは、従来の関西ルートとは別の……」

静が両手を開き前にだした。

「あなたが専門捜査官なみの知識を持っていることは、判りました。試すようなこと言ってかんにんしてくださいね」

「何ですかそれ？　デザート？」

「そりゃアンニンだ」

須藤の言葉に、薄は得心がいかぬ様子で、なおも首を傾げながら、「ニンニン？」とつぶやいている。須藤は静に言った。

「こんな感じだが、薄はすべて判っている。心配無用に願おうか」

「判りました。我々捜査一課は、これから全力で、行方をくらました二人を追います。ただ今のところ、手がかりらしいものもありませんので……」

今度は須藤が手を翳《かざ》す番だった。彼女の言葉を制すると、うなずきながら言う。

「こっちはこっちで動いてみる。判ったことがあれば、あんたに報告を上げる」

「よろしくお願いします」

そこだけは綺麗な標準語だった。敬礼をすると、静は駆け足で部屋を出ていく。

一方の薄はまだ「ニンニン」とつぶやきながら、クレセントの水槽を見つめていた。

「薄、彼女の言うこと、聞いていたよな。何かヒントになりそうなものはないか?」

「うーん」

薄はアロワナに目を据えたまま答える。

「クレセント、どうなっちゃうんですかねぇ」

質問に質問で答えるな！　と怒鳴りたくなるのを抑え、須藤は二度、深呼吸をする。

「そ、そうだな。遺族が世話をしてくれるというのであれば、このまま引き渡すし、そうでなければ……そう言えば、まだ遺族が来ていないな」

途端に、玄関の方が騒がしくなってきた。噂をすれば……というのは本当らしい。

鑑識たちを押しのけるようにしてやってきたのは、やけに目立つ灰色の男だった。細面《ほそおもて》の長身で、仕立ての良いグレーのスーツを着こみ、手には黒革の書類かばんを提《さ》げている。顔立ちにこれといった特徴もなく、どちらかと言うと、記憶にとどめにくいタイプだ。にもかかわらず男の姿は、多くの警察関係者の中にあって、ポッと天からのスポットライトを浴びてでもいるかのように目立っている。その理由は背が高いだけではない。身にまとったオーラともいうべき、傲岸不遜《ごうがんふそん》な腐臭のようなものが、男からは滲《にじ》みだしているのだ。

男は値踏みするように須藤を見ると、甲高《かんだか》い声で言った。

「責任者は君か」

須藤は身分証を示し、答える。

「いえ。責任者は席を外しています。失礼ですが、あなたは？」

「で、あのバカは？」

「で、あなたは？」

「だから、バカはどこだと聞いている！」

須藤の前に一枚の名刺が差しだされていた。

「君ぃ、私が誰だか判っているのか？」

名刺には『三ツ星銀行大阪支店　地域統括社員総活躍会社推進本部部長　馬力克俊《かつとし》銀行の真ん中で光り輝こう』。

後ろからのぞきこんだ薄が歓声を上げる。

「うわぁ、ごちゃごちゃしてて、どれが名前か判りませんね。あれ、この名前どこかで見ましたね。あ、須藤さんが言ってた『バカ』ってこの人のお父さんのことじゃ？

でも須藤さん、バカをバカにしちゃダメですよ。馬鹿って鹿、本当にいるんですよう。赤鹿に近いようなんですが、発音はマールーと言うんです。だから、バカの息子さん、バカって言われても怒ったらだめですよ。頭の中にマールーを思い浮かべるんです。心の中で、マールー、マールー、マールーって三回唱えるんです。ほら、ちょっと、誇らしい気持ちになってくるでしょう。良かったですねぇ」

権力を持つ政治家の次男として生まれ、政治家にこそならなかったが、銀行員としてエリート街道をひた走ってきたこの男にとって、薄という人間は、初めて出会う試練だったのかもしれない。

「あ、ああ……私はここに何をしに来たのだったか」

「遺体の確認、そのほか、諸々《もろもろ》の手続きにいらっしゃったのでは？」

「そ、そうだった！　ええっと、それで、バカ……いや弟は……」

「向こうの部屋です」

須藤は先に立って、案内する。その横では薄が「まーるー」と鼻歌を口ずさんでいた。須藤はあえて止めなかった。

凄惨な弟の死に様を目の当たりにしても、克俊は感情を露《あらわ》にはしなかった。無言のまま遺体を数秒見つめ、奥の部屋にいるクレセントを数秒見つめ、部屋を出た。

廊下で立ち止まった克俊は、それこそ魚のような目を須藤に向けた。

「後のことは警察にお任せする。犯人が捕まったら、私に一報いただきたい。くれぐれも、父や兄を巻きこまないように」

「それについては、捜査の責任者に言ってもらえますか。私は部署が違うもので」

「私はすぐ大阪に戻る。忙しいんだ」

「ずいぶんと冷淡な態度ですな。亡くなったのは、弟さんですよ」

へっと吐《は》き捨《す》てるような声が、薄い唇からもれた。

「もう何年も会っていなかった。何をやってもダメなヤツで。そのくせ、親父《おやじ》は妙にこいつに甘かった。社会から惨《みじ》めに弾《はじ》きだされた後も、こんなマンションを買い与えて。その結果がこれだ」

「ここの購入費用はお父様が？」

「問題はないと思うよ。個人の資産から購入したものだからね」

「馬力家の資産は、数十億とも言われています。別に問題はないでしょう。ただ、その住居の中に盗品の疑いのあるものがあったとなると、こちらはちと問題ですな」

克俊の視線がほんの一瞬、奥の部屋へと向けられた。

「盗品とは、何のことかな」

「おとぼけは困ります。今、あなたが気にされた、あの魚ですよ」

克俊は実務家らしい冷めた表情のまま、せかせかと肩を揺する。

「弟が自分の金で何を買おうと、私は関知しないよ」

「失礼ながら、弟さんは仕事もなく、引きこもり同然の生活をされていたようです。生活費などは……？」

「この部屋と同じだ。すべて親父がだしていた。その辺はいくら調べていただいても構わないよ」

「盗品の売買については、何も知らないと？」

「当たり前だ」

「しかし、あの魚は非常に高価で、しかも簡単に日本に持ちこめるようなものではない。引きこもり同然であった弟さん独力では……」

「君は我々が不正に加担していたとでも？」

「いえいえ、そこまでは何も……」

「証拠もなしに、下手なことを言わない方がいい。我々にとって、君一人を降格させるくらい簡単なことだ」

「いつの間にか、私が我々になっていますな。しかし、ご心配なく。私はもう、これ以上下がないってくらいの閑職でね」

須藤は克俊に顔を近づける。

「俺はしつこいぞ。覚悟するんだな」

「須藤君だったな。覚えておくよ」

「一つだけきいておくことがある。あのアロワナだが、もしウェイン・ウンが返還を求めなかった場合、あんた、引き取る気はあるか」

「何をバカな。あんなけばけばしいだけの下品な魚、誰が引き取るか。君たちで勝手に処分しろ」

「薄、あのクレセントだが、金銭的な価値はどのくらいだろうな」

「そうですねぇ。発色などの盛りは過ぎていますが、何しろ、伝説的な経歴を持つ個体ですから、人によっては、三十万ドルくらいだす人もいるかもしれません」

克俊の顔色が変わった。須藤は玄関を指で示す。

「あんたら一族にとって、三十万ドルなんて、はした金だろう。いずれにせよ、クレセントは盗品だ。処遇はこちらで検討する」

「そのぅ、何だ、もし必要とあらば、処遇が決まるまで、あの魚、私が面倒をみようか?」

「申し出はありがたいが、クレセント様は証拠品でもある。あんたなんかには、渡せない。それとも、何か我々の役にたつ情報でも提供してくれるというのかな？」

克俊は忌々し気に唇を噛《か》んだ。

「あれについては、本当に知らんのだよ。あくまで弟が独りでやったことだ。金だけは十分に持っていたし、ネット環境も整っていた。誰かに依頼したのだろう」

「弟さんは生き物が好きだったのか？」

「ああ。子供のころ、金魚を飼っていて、可愛《かわい》がっていたよ。その後も熱帯魚やらなんやらを買ってきては、部屋の水槽で飼育していた。私は大学入学と同時に実家を出て暮らしていた。だからそれ以降のことは詳しく知らない」

「当時弟さんはご実家にいらした。それがどうして一人暮らしを？」

「知らんよ。親父と喧嘩《けんか》でもして、追いだされたんだろう。親父は気分屋で、毎日言うことが変わる。歳《とし》を取るごとに酷くなる。もう政治家をやる能力はない……」

克俊は慌てて口を閉じた。

「私としたことが、喋りすぎたようだ。この件については、内密に頼むよ」

「最後に、弟さんがどこから魚を購入されていたか、ご存知ありませんか？　おそらく、出入りのペット業者がいたと思うんですがね」

「知らんよ。父も兄も私も、その手のことに興味はなかった。母はすでに他界してしまったし。いずれにせよ、今後、当家への捜査は遠慮してもらう」

「しかし、これは殺人事件です。しかもあなたのお身内が……」

「関係ない。この件で父や兄はマスコミからあれこれ探られ、不快な思いをしているようだ。それでも話をききたいと言うのなら、弁護士を通してもらう」

言い捨てるや、克俊はそのまま逃げるようにして、玄関から出ていってしまった。

「やれやれ」

「なんだか、かわいそうな人ですね」

「ああ。俺もそう思う」

薄がしんみりと言う。

「ゲジゲジに生まれてきた方が、まだ幸せですよね」

「さすがにそれは言いすぎじゃないか」

「じゃあ、ゲンゴロウ?」

「俺はゲンゴロウの生活をよく知らないからなぁ」

「じゃあ、ミノムシ!」

「知らねえよ！　とにかく、被害者側から探るのは正直、難しい。光吉がどうやってクレセントを入手したのか……」

「私に食あたりがあるんです」

「心当たりな」

「連絡してみてもいいですか」

「無論だ」

期待半分、不安半分。いや、期待三分の一、不安三分の二、いや、ほとんど全部不安……。まあいい。乗りかかった船だ。やるだけやってみよう。

三

「そうかい、そうかい。あなたが須藤さんか。一度お会いしたいと思っていたんだけど、こんなところだからなぁ」

牛尾久兵衛《うしおきゆうべえ》は畑の脇に積まれたビールの空きケースに腰を下ろし、ブーツの泥を掻《か》き落《お》としながら言った。

紀尾井町から車を飛ばすこと一時間半、周囲には畑が広がり、須藤の足先を人馴《ひとな》れしたスズメがチュンチュンと歩いていく。薄は薄で、やれ鳥が飛んだ、ミミズが出てきたと大騒ぎをしている。

薄に言われるがまま、半信半疑でここまで来た須藤であったが、目の前の老人を見るや、自然と居住まいを正すこととなった。老齢ではあっても、身のこなし、眼光の鋭さは常人のものではない。腕に覚えのある須藤でも、うかつに相手の間合いに踏みこめば、無事では済まないだろう。

須藤は背筋を伸ばしたまま言った。

「薄からお噂を伺いまして、失礼かとは思いましたが、やって参りました。ぜひとも……」

牛尾は温厚な笑みを浮かべながら、「まあまあ」と須藤の気勢を外す。

「こっちは十年前に引退した身だ。妻の病気でいろいろと物入りになってね。まだまだやれる自信はあったが、決断した。家族が一番大事だから。そんなこんなで、今はこうして野良仕事をしている一人の老人だ。もし捜査の役にたつことがあれば、何でも話すよ。それに、あの薄君の頼みとあれば、断れるわけもない」

「牛尾警視は……」

「階級はとっくに捨てた。牛尾と呼んでくれ」

「はい、では……牛尾さん、あなたは薄とどのようなご関係で？」

「関係もなにも。私が生安の生活環境課にいたときから、彼女はなかなかの有名人だったよ。学者、研究者より薄圭子って言われていてね。何か判らないことがあると、電話をかけたものさ。当時彼女は、アメリカのＵＣＬＡにいたんだったかな。いや、上海《シャンハイ》に移った後だったか。とにかく、彼女には恩義がある」

牛尾が薄を見つめる目は、まるで孫を見守るかのようだ。

「それで、おききしたいことというのは……」

須藤は無礼を承知で割りこんだ。薄の推測が正しければ、事態は切迫しており、一刻の猶予もない。牛尾は鷹揚《おうよう》にうなずくと、須藤に向き直る。顔つきががらりと変わっていた。

「こんな暮らしをしているので、ニュースなんてほとんど見ない。インターネットなるものも、使っていない始末でね。だから、クレセントのこと、さっき電話で薄君から聞くまで知らなかったのだよ。しかし、日本にいたとはね」

「所有者が政治家の親族なもので、一課も少々、手間取っているようです」

「それで君らが来たと。誰の差配か知らないが、見事だよ」

福家――。彼女がいち早く情報をくれたことで、以後の捜査展開が大きく変わってきている。須藤たちが現場にいなければ、事件はまだ捜査一課と馬力家との駆け引きで、一歩も進んでいなかっただろう。

「薄によれば、あなたは現役時代、インドネシア、マレーシアと関西を結ぶ密輸ルート摘発に尽力されたとか。特にアロワナの密輸を追っていらした」

「八〇年代から九〇年代半ばにかけてのことさ。ずいぶんと昔の話だ。当時、日本はまだアロワナの取引を禁止していたからね。価格が高騰していた。ブローカーがそこに目をつけるのは、当然だろう？　インドネシア、マレーシアには何度も飛んだよ。地元の業者を抱きこんで情報提供者にしたりさ」

「今で言う、Sですか」

「そう。やってることは、麻薬の摘発とあまり変わらなかった。ある意味、命がけだ。実際、現地で襲われて怪我もしたよ」

そう語る牛尾であったが、表情に恐れや後悔の色は微塵《みじん》もなく、武勇伝に思いを馳《は》せる武道家のような趣《おもむき》があった。

「ただ、ご承知とは思うが、アロワナに関しては一定の条件下で取引が認められるようになった。やがて日本にも比較的安価な個体が入るようになり、ブローカーもアロワナからは離れていったんだ」

「当時、日本側の密輸ブローカーもある程度、しぼりこまれていたと薄から聞きました」

「ああ。国内の捜査は確度が高かった」

「当時、クレセント級の個体を売買できる力があったブローカーの名前、判りますか」

「当然だよ。可能性があったのは三人だな。名前はここにまだ残っているよ」

牛尾は自分の側頭部を指でコンコンと叩いた。

「その名前、ぜひ聞かせていただきたい」

須藤がメモを取りだすと、牛尾は再び口を開いた。

「実を言うと、三人のうち一人はもう死んでいる。インドネシアまで出かけていってね、死体で見つかった。身ぐるみはがされて、下着しか身に着けていなかった」

「では、残る二人について聞かせていただけますか」

「一人は戸嶋《とじま》練生《ねりお》と言った。当時二十代後半、若くて血の気が多かったね。彼は関西を拠点とするペットショップのオーナーという表の顔を持っていた。海外に幅広いネットワークもあり、アロワナだけでなく、需要があるとみれば何でも持ちこんでいた。ビニール詰めのアロワナの稚魚をパンツに入れて持ちこもうとしたのも、ヤツだ」

「暴力団と繋がりが？」

「おそらくはなかったと思う。ただ、彼の持つネットワークは強大だった。手荒い仕事もしていたようだ」

「戸嶋は今、どこに？」

「彼も私同様、歳を取った。何年か前に聞いた話だと、すっかり足を洗って、東京の世田谷《せたがや》でペットショップをやってるらしい」

薄がふいに立ち上がり言った。

「それって、ペットショップネリオですか？」

「おう、さすがだな」

「訪ねたことはないのですが、とても良心的なお店だと評判です。子犬、子猫の販売を止めて、最近だと熱帯魚に力を入れているみたいです。そう言えば、企業向けに熱帯魚の水槽レンタルを始めたのって、ネルネルさんでした」

「ネリネリさんな」

「ネリオだ」

「最近、介護施設の大手がネリネリさんの水槽をロビーに置くことを決めたとか、何かの新聞で読みました」

牛尾は興味深げにうなずいた。

「それは知らなかった。まあ、過去は過去、がんばってやっているなら、それはそれでいいことさ」

「三人目は？」

「黒田《くろだ》明吉《あきよし》。こいつは掛け値なしのワルだった。元は九州福岡《ふくおか》に拠点を置く暴力団の構成員だった。関西進出の足がかりを作るため、神戸《こうべ》に乗りこんできた、まあ、当時で言う鉄砲玉《てっぽうだま》だな。それがまあ、いろいろあって、結局、関西進出はウヤムヤ。納まりのつかない黒田は福岡に帰らず、神戸界隈《かいわい》でくすぶっていた。手っ取り早く稼ぐため、薬の売買に手をだす。それがいつしか……」

「動物に？」

「ヤツはあれでなかなかのアイディアマンだった。果物をくり抜いて、そん中に稚魚の入ったビニールを隠したりな。薬と同じように袋入りの熱帯魚を運び屋に飲ませて持ちこもうとしたこともあった。無論、魚は全滅だったがな」

「黒田の居場所、ご存知ですか？」

「懲役くらって、出てからはまたヤクザに戻ったと聞いたがなぁ。惜しい男だよ。まともに働いてさえいれば、成功していたんじゃないかな」

須藤は黒田について書き終えると、メモを閉じ、敬礼をした。

「ありがとうございました」

「二十年、いや、三十年近く前の話だが、何かの役にたつのかね。まあ、お役にたてたのなら、何よりだがね」

牛尾はよっこらせと腰を上げる。野良仕事を再開するつもりらしい。

「薄君、気が向いたら、また遊びにきなさい。ここらへんはカエルもいっぱいいるぞ」

「素敵！　ぜひ！」

薄の敬礼姿に、牛尾はまた目を細め、満足げにうなずいてみせた。

四

サイレンを鳴らしながら疾走する車の中で、須藤は静に連絡を入れる。牛尾の件を伝えると、彼女はすべてを察したようだった。

「さすがやね。クレセントのような大物、簡単に手はだせない。できるとすれば、地元に顔の利く、大物。となると……」

「薄のアイディアなんだがね。かつてアロワナを扱っていた大物ブローカーなら、クレセント強奪のような大仕事もできるんじゃないかって」

「それで出てきた名前が三人。一人は死んでいるから残りは二人か。当たってみる価値はあると思う」

「そっちはどうなんだ？」

「予想はしてたことやけど、ほとんど進展なし。入国した二人の行方も判らんまま。何もかもが膠着《こうちゃく》状態や」

「ケルビン・クエイとリイ・ジョン・センの目的は、アロワナの密売に関わったブローカーへの復讐《ふくしゅう》と思われる。ヤツらはおそらく、馬力光吉を拷問にかけ、名前を聞きだしている可能性が高い」

「標的となる人物がその二人の中にいるかもしれん……。確証は何もないけど、ほかに手がかりはあらへんしなぁ。当たってみるしかないやろね」

「たとえハズレでも、蛇《じゃ》の道は蛇《へび》、何か情報くらい得られるかもしれん。俺たちは世田谷区のペットショップネリオを当たる。君は黒田を見つけ話をきいてくれ。必要とあらば、保護も頼む」

「了解。ネリオの方、三人だけで大丈夫？」

「任せておけ。戸嶋は今、取引先の介護施設にいるらしい。そこで本人に話をきく」

「くれぐれも気をつけて。あ、それから、『ギヤマンの鐘』もお忘れなく」

「人気者はつらいで」

「似非《えせ》の関西弁だけは止めて」

「了解」

車は一般車両をすいすいと追い抜きながら、快調に飛ばしている。

「運転、上手くなったな、芦部」

「ええ。この間、日塔警部補と特訓したんですよ」

須藤の横では、薄がスースーと寝息をたてている。この状況で眠れる神経がうらやましい。須藤は薄の頬についた泥汚れをそっと拭《ぬぐ》ってやる。

「それで、あとどのくらいだ?」

芦部はカーナビに目をやると、ハンドルを切りながら言った。

「五分ほどです」

ほどなく車がすべりこんだのは、オフィス街のはずれだった。高層のオフィスビルと整備された緑地、その向こう側に「赤星《あかぼし》ケアホーム」のプレートを掲げる六階建てのビルが見えた。

須藤は芦部に命じ、ビルのかなり手前で車を止めさせた。

「入居者を不安にさせたくはないからな。ここからは二人で行く」

「ふぁぁぁ」

「薄、よだれをふけ。だらしない」

「よだれはたらしましたけど、ダラなんてしてませんよ」

「ごちゃごちゃ言ってないで、シャンとする」

「判りました。シャンさんと何をすればいいんですか？」

「あのね、薄はね、これから人に会うの。警察官として恥ずかしくない態度をとりましょうね」

「はーい」

ビルの前に着いてしまった。薄は正面ドアの向こうにある熱帯魚の水槽にいち早く気づいていた。

「わあ、グッピーだ！　ベタもいる！　スマトラでしょう、ネオンテトラも……」

ドア越しに見える水槽は、かなり大きなものだった。百二十センチはあるだろう。中には明るい緑色をした水草が生い茂り、その中を鮮やかな色の小魚たちがチョコチョコと泳ぎ回っている。

薄が言った。

「この赤星ケアホームは、社長の赤星敬作《けいさく》さんが始めたもので、今、関西に七つ、東京に二つあるそうです」

「ほう、詳しいな」

「パートナーアニマルの導入に積極的で、あの水槽もすべてのホームにあるんだそうです。もちろん、条件さえ合えば、入居者の方がペットを飼うこともできるんだとか。すごいなぁ。私、将来、こういうところに入りたいな」

「おまえは九十になっても、アフリカあたりを走り回っていそうだがな」

ドアが開き、中から事務員と思しき男性が出てきた。

「あのぅ、何か御用でしょうか」

制服姿とはいえ、薄は警察官に見えない。片や、人相の悪い中年男性である。そんな二人連れがホームの中をのぞきこんでいるのだから、不安を覚えるのは当然だろう。

須藤は身分証をだす。

「こちらに、戸嶋練生さんは？」

「戸嶋さん？　ああ、水槽の定期点検に来てくれてますよ。今日はたまたま社長が来てるから、いま応接室にいます。呼んできましょうか」

「いやいや。こちらからうかがいます」

須藤は事務員を押しのけるようにして、建物の中に入った。

左側に受付カウンター、その奥には事務のデスクが並ぶ。隣の部屋では、看護師やヘルパーたちがファイルを見ながら、会議を開いていた。

右側にある広い部屋は、食堂とレクリエーションの場に当てられているらしい。出入りも自由と見え、今も数人がテーブルを挟んでトランプをやっている。種目はポーカーのようだ。皆、生き生きとした表情で、真剣に自分の札を睨んでいる。

清潔で静か。それでいて自由でゆったりとした時が流れている。こうした場所を作り上げたのは、ひとえに社長赤星の手腕によるものなのだろう。

「こちらになります」

後から追ってきた先ほどの事務員が、ホール奥にあるエレベーター脇のドアを示した。ドアノブには「来客中」と赤文字で書かれたプレートが下がっている。

「おい、薄！」

薄は水槽にベッタリと顔をくっつけている。

「上部フィルターで水質は維持されていますし、サーモスタット付きのヒーターも完備、デジタル式の水温計が外についていますから、誰でも確認できます。魚たちも元気だし……」

「水槽のチェックに来たんじゃないんだよ、俺たちは」

「あ、そうか、ネリネリさんでしたね」

「ネルネルだ」

「ネリオです」

ドアから、中年の男性が顔をだして、言った。戸嶋練生のようだ。

「あの……ご用件は何ですやろ？」

須藤は身分証を示す。

「須藤です。こちらは薄」

戸嶋の細い目がわずかに見開かれる。

「薄って、あの薄圭子さん？」

須藤を突き飛ばすようにして、薄に駆け寄り、両手をさしだした。

「一度、お会いしたいと思てたんです。そうでっか、あなたが。いきもの係の活躍は聞いてます」

二人が両手での握手を交《か》わしている間、須藤は応接室をのぞきこんだ。六十代前半のすらりとした男性がこちらを見ていた。白髪交じりの髪をきちんと整え、肌は小麦色、すっきりとした輪郭《りんかく》は相当に鍛えこんでいることを示していた。一方でスーツは量販店のものであり、靴も須藤が履いているものと大差ない。男は眩《まぶ》しい笑顔と共に、部屋から出てきた。

「警察の方が戸嶋君に何用ですか？」

ポケットから名刺をだし、須藤に渡す。

『赤星ケアホーム　代表取締役　赤星敬作』

とあった。須藤は丁重に頭を下げた。

「突然、お邪魔して申《もう》し訳《わけ》ありません。捜査の関係上、詳しいことは申し上げられませんが、緊急を要する事態でして」

「そんな重大なことに、戸嶋君が関係を？」

「いえ、その辺は……」

赤星は笑う。

「戸嶋君の過去、私は知っていますよ。ブローカーやってて捕まったんでしょう？　だけど、彼はきっぱり足を洗って、一生懸命働いている。彼のことなら、私が保証します」

須藤は礼をすると、薄とともに水槽をのぞきこみ、熱帯魚について熱く語る戸嶋の肩を叩いた。

「ちょっといいか」

戸嶋はしきりと赤星を気にしつつも、須藤についてきた。人に聞かれても良い話ではないので、いったん外に出て、玄関前で立ち話をすることにした。

「強引なことをして悪かった。別に嫌がらせでやっているわけじゃないんだ」

「ええんですよ。赤星社長は、すべて知った上で、俺を使《つこ》うてくれてるんやから」

「事態は逼迫《ひっぱく》している。正直に答えてくれ。おまえ、クレセントに関わったことはあるか？」

下手にとぼければ、事態を悪化させる。戸嶋にはすぐに判断がついたに違いない。首を横に振った。

「クレセントって、あのスーパーレッドでっしゃろ？　アホなこと言わんといてください。あんなやばい代物《しろもの》に手なんかだしまへん。それに、あれが盗まれたころは、もう足を洗ってましたがな」

「だが九〇年代には、ずいぶんと手広くやってたそうじゃないか」

「そ、それはまあ……。世界のあちこち旅して、おもろい動物見つけて、興味ある人のところに持っていく。法に触れるいうことは判ってましたけどな、誰が損するわけやなし」

「そんなこと言っているが、ずいぶんと手荒い真似《まね》もしたらしいじゃないか」

「そらぁまぁ……。でも今になってみれば、アホやったなと思います。一番傷つくんは、動物や。そこんとこに思い至らんかったんですわ。刑務所の中でつらつら考えましてな、すっぱりと足洗いましてん。それ以降、その手のことには一切、手、だしてまへん」

「俺がおまえの言うことを素直に信じると思うのか？」

戸嶋はうなだれたまま、口をつぐむ。

「薄、どう思う？」

「人間のことは、難しすぎて、私には判りません。でも、あの熱帯魚の水槽を見る限り、彼は一生懸命、仕事をしているようです」

玄関から赤星が姿を見せた。戸嶋に向かって言う。

「この後、予定があるので、申し訳ないが失礼するよ。来週また、京都で会おう」

赤星は須藤にちらりと目をやったが、何も言わず、通りかかったタクシーを止め走り去った。

須藤は戸嶋の肩に手を置いた。

「いい人に巡り合ったようだな」

「はい。ああいう人の顔潰《つぶ》さんよう、真面目《まじめ》にやっているつもりなんですが……」

須藤を見る目が険しくなった。

「いきなり訪ねてきて、何があったんですか？　せめて、前もって連絡くらい……」

「警察が前もって連絡してちゃ、商売にならんだろう」

「それは、そうやけど……」

「黒田明吉、知っているよな」

「はい。元同業です。そやけど、あいつについては何も知りません。組んだこともないですから。そやけど、いったい何なんです？　何でそない前のことを……」

戸嶋は何やら悟ったようだった。足を洗い人畜無害を装ってはいるが、一度は一匹《いっぴき》狼《おおかみ》ながら、一目置かれる密輪ブローカーにまで成り上がった男である。頭の回転は早く、抜け目はない。自分にとって何が得で何が損かを、素早く判断する術《すべ》に長《た》けている。

「クレセント……。そうか、動画やな。こうして、いきもの係がやってくるちゅうことは、何か動きがあったんですな。もしかして、見つかりましたか、クレセント」

こうなると、下手に隠し立てをしても始まらない。須藤はうなずいた。

「詳しいことは言えないが、見つかった」

「つまり、日本で?」

「ああ」

「そうか、それで……」

戸嶋は須藤の顔色をうかがう。須藤はぴしりと言い放つ。

「教えられるのはここまでだ。どちらにしても、おまえは関係ないようだ。邪魔したな」

「あの……」

戸嶋が言った。須藤にではなく、薄にである。

「薄さん、Xって呼ばれていたブローカーのこと、知ってますか?」

薄はきょとんとした顔で首を横に振る。

「仲間内で噂になったブローカーですわ。警察にはもちろん、我々同業者にも皆目、正体が摑めへん。関西に拠点を置く、暴力団構成員の一人であったことは確かやと思うんですがね」

「そんなブローカーのこと、初めて聞きました。牛尾さんも何も言ってなかったしなあ」

「牛尾さん！　警視庁の牛尾さんですか？　なつかしいなぁ。元気にしてはりますか？」

「ええ、お元気でした」

「あれだけの人でも、Xについては、何も摑んでなかったようやなぁ。とにかく頭の切れるヤツでね。語学も堪能《たんのう》、手下も最小限しか使わへん。そのうえ、冷酷非情。人かて平気で手にかける」

「なんだか、おとぎ話みたいですね」

「まあ、都市伝説や、言う人もいますけどね。そやけど、俺は確信してますんや。Xはほんまにおったって。そのXの最後の仕事が、例のアロワナ強奪やないかって。十年前、あの事件が起きた後、Xの噂を聞くもんは誰もおらんようになりました。消されたとする説と、密輪で儲《もう》けた金を組に納め、足を洗ったとする説がありました」

「戸嶋さんの見解は？」

「後者ですな。足を洗い、まったく別の仕事を始めたと考えています。すべて想像ですが、動物の密輪でけっこうな額を掠《かす》め取《と》って、私財として蓄《たくわ》えていたんでしょう。動物の値段などあってないようなもんですからな、どうにでもできたはずや」

戸嶋の真意をはかりかねたのか、薄は須藤に目で助けを求めてきた。

「戸嶋、おまえ、どうしてそんなことを俺たちに話す？」

「捜査協力ですがな。先も言うた通り、俺、薄さんのファンですねん。手柄立てて欲しいからね」

油断ならない野郎だ。須藤は顔をしかめ、ケアホームの建物を指す。

「時間取らせて悪かったな。行っていいよ」

「まあ、おきばりやす」

ニヤニヤと笑いながら、戸嶋は熱帯魚の水槽前へと戻っていく。

芦部の待つ車へと向かいながら、須藤は携帯で静にかけた。

「黒田の方はどうだ？」

静の声には若干の疲労が滲んでいた。

「黒田は外してええわ」

「と言うと？」

「二年前に自殺してる。大阪市内のアパートで首を吊《つ》っているのが見つかったそうや。事件性はなし。武闘派ヤクザの成れの果てというか、誰からも相手にされんようになって、一人きり、孤独な最後やったみたいや」

「となると、ヤツがクレセント強奪に関わっていたかどうかは……」

「永遠の謎《なぞ》や。戸嶋の方はどない？」

「本人に会ってきたところだが、これが何とも。少なくとも、今は更生して真面目に働いているようだ」

「懲役食ろうて、心を入れ替える人間も、ごくたまにいますさかいなあ」

「意地の悪い言い方するんじゃねえよ。いずれにせよ、誰がクレセントに関わったブローカーか、皆目、判らないってことか」

戸嶋から聞いた「X」については、まだ黙っておくことにした。こちらでさらに調べ、裏を取りたい。電話の向こうでは、静がため息混じりに言った。

「やっぱり、逃亡中の二人を見つけるしかないですなぁ」

「で、ケルビン・クエイとリイ・ジョン・センの方は？」

「これがまたさっぱり。警視庁は優秀やと聞いてたけど、京都とあんまり変わりないですな。あ、これ、内緒でお願いします」

「あんた、友達少ないだろ」

「いややわ、何で判りましたん？」

「誰でも判る。しかし妙だな。面も名前も割れている外国人だ、警察がこれだけの規模で探せば、手がかりの一つくらい出てきそうなものだが」

「私もおかしいなぁと思てるんです。これひょっとすると……」

「ひょっとすると？　何だ？」

「いえ、こっちのことです。それで須藤警部補はこの後、どないしはりますの？」

「戸嶋を張るよ。何となく気になってな。もっとも、残念ながら、そのくらいしかすることがない」

「こんなことに使うてしもて、すみません」

「気にするな。別にあんたのために動いているわけじゃない」

「聞いてますよ。私の代わりに京都に行った、魔女が動いてますのやろ」

「図星だ。それに、ちょっと気になることもあるんでな。案外、瓢簞《ひょうたん》から駒《こま》なんてことになりかねん」

「須藤さん！」

薄がズカズカと近寄ってきた。

「ヒョウタンはウリ科の植物ですよ。中から駒が出てくるなんてこと、あるわけないです」

須藤は慌てて通話を切ると、聞こえなかったふりをして歩きだす。

「さて薄、張りこみだ」

五

ケアホームを出た戸嶋は、白色のワンボックスを運転し、駐車場のあるファミリーレストランに入っていった。食事をとるためだろう。

須藤たちは付近の道脇に車を止め、レストランの建物をぼんやりと見上げていた。

芦部が言った。

「そう言えば、飯、まだでしたよね」

「店に入れば、尾行に気づかれる。コンビニにでも行きたいところだが、わずかでも目を離すのは危険だ。もう少ししんぼうしろ。それで、戸嶋についての情報は上がってきたのか？」

「さっき、静警部補より概要を聞きました。戸嶋が出所後、足を洗ったのは本当のようです。現在は東京の世田谷区にあるペットショップネリオが唯一の店舗で、京都の方は閉めたようです」

「業務に使う備品などはどうしているんだ？」

「赤星の本社が京都市内にあるのですが、そこに置いてあるようです。赤星側に直接きいたところ、業務も軌道に乗ったので、京都の店の再オープンも視野に入れてるとか」

「しかし判らんな。赤星はどうして前科者の戸嶋をそこまで優遇するんだ？　関西にもペットショップは山とあるだろうに」

「その辺のことは、何も……」

「戸嶋、気になるな」

そうつぶやく須藤の横で、薄はなおもブツブツと「ヒョウタンから駒なんて出るわけないのに」とつぶやいている。

「薄、とにかくそれはことわざなんだから」

「ことわざだっておかしいものはおかしいですよ。猿の水練だって、猿は泳ぎが上手いんですよ。虎《とら》ぬ狸《たぬき》の皮算用なんて意味不明ですよね。何で虎が狸の皮の心配しなくちゃならないのか。それに、『ぬ』って何ですか、『ぬ』って」

「薄、それは『捕らぬ狸』だ。虎じゃない」

「あのぅ」

「何だ、芦部」

「戸嶋が出てきました」

「なに！」

戸嶋は満腹になったのか、携帯片手に足取りも軽く、駐車場へと向かっていく。

芦部がエンジンをかけ、追跡に移ろうとしたとき、黒塗りのワゴンが駐車場に乗りこんできた。戸嶋の脇に急停止すると助手席側のドアが開き、背の高い男が飛びだした。フードをかぶっているため、顔は見ることができない。ふいをつかれた戸嶋は、抵抗する間もなく車に押しこめられた。

「あ！」

車から飛びだそうとする芦部を、須藤は止める。

「今から出ても間に合わん。それより車両の追跡だ。車内には戸嶋がいる。追跡は慎重に……」

言い終わるまでもなく、ワゴンが急発進し、須藤たちの目の前を猛スピードで走り抜けていった。

「なめやがって」

アクセルを踏もうとする芦部の肩を、須藤は摑んだ。

「落ち着け。こちらの存在を気取られるな。つかず離れず、静かに尾行しろ」

「は、はい」

芦部は的確なハンドル操作で車をだした。交通量はそれほど多くはない。近づきすぎればバレる。ここは芦部の腕を信用するよりないようだ。

須藤は静の携帯にかける。切迫した静の声が返ってきた。

「今、どこです？」

須藤は現在地を告げ、不審車両を追跡中の旨を伝える。

「車内には戸嶋がおるのね。すぐ応援を……」

「待て。そんなことをすれば悟られる。ここは俺たちだけでやらせてくれ」

「でも……」

「目的地に着いたら、芦部を通じてすぐに連絡を入れる」

静が沈黙する間も、車は疾走を続ける。市街地を抜け、工場地帯へと入った。

「判りました。無茶だけはせんように」

「もう十分しているけどな」

ワゴンが左に曲がり、廃工場の中に入っていくのが見えた。須藤はそっと通話を切った。

「薄、何が起きるか判らん。準備しておいてくれ」

「そうくると思ってました。大丈夫。ばっちりですよ」

薄は紙袋からカーキ色のザックをだし、中にあれやこれや小物を詰めこんでいる。

「うっしっし。やってやるぞぉ」

ザックを背負いながら、薄は不気味に微笑んだ。

「ああ……薄、念《ねん》のため言っておくが、人命尊重だぞ。吹き矢とか毒とかは……」

「判ってますよぉ。いざというときしか使いません」

「いや、いざというときでもダメだ」

「警部補」

芦部の声と共に車が止まる。

「これ以上近づくと見つかる可能性が」

廃工場の正面入り口を望む角に、車は止まっていた。中からは完全に死角の位置だ。須藤はドアに手をかけながら言った。

「この場所を静警部補に連絡だ。おまえは残って、状況を逐一《ちくいち》伝えろ。彼女が到着したら、その指揮下に入れ」

「了解です。でも警部補……」

「何だ？」

「気をつけてくださいね。相手はフィッシュ・マフィアかもしれないんでしょう?」

「任せろ。それにこっちには、薄がいる」

「へへへ」

須藤は薄と共に柵沿《さく》いに進み、ワゴンが消えた入り口から、中をのぞいた。

元は金属加工の工場だったのだろう。三階建ての建物だが、風雨にさらされ古びている。一階のシャッターは開いたままであり、斜めに停まったワゴンの姿が確認できる。運転席や後部ドアは半開きとなっていて、車内に人の気配はなかった。

建物にあった機材などはあらかた運びだされているようで、ただホコリが舞うだけのがらんとした空間が広がっている。

須藤たちのいる場所から建物までは十メートルほど。間に身を隠せるようなものはない。

一か八か。須藤は薄に合図を送り、全力で走り抜ける。飛びだしたのは須藤が先だが、建物内に転がりこんだのは、薄が先だった。乗り捨てられたワゴンに身を寄せると、素早く車内を確認、つづいて身をかがめたまま、最小限の動きで建物内の気配を探っている。

「人の気配はないですねぇ。須藤さん、あそこに階段がありますす」

階段は金属製で、人一人分の幅しかない。須藤は天井を見上げ、思案にくれる。

「金属製だから、どう気をつけても音が出る。待ち伏せされていたら、上りきったところでやられちまうぞ」

「そんなこともあろうかと」

薄はザックを下ろすと蓋を開く。取りだしたのは、色とりどりの丸い小さな玉だった。表面はザラザラしており、どれも黒い芯《しん》がついている。

「花火ですよ。煙玉です。お店に行けば、普通に手に入りますよ」

そう言いながら薄がさらにだしてきたのは、乳白色のゴム製品だった。

「お、おまえ、それは……」

「じゃじゃーん、コンドーム！」

きょろきょろと建物内を見回していた薄は奥にある流しに駆け寄った。蛇口をひねると、まだ水は出る。その水をコンドームの中に注ぎ、適当なところで固く口を結んだ。気がつけば、直径十センチほどのボールが三つでき上がっていた。

「さて、行きますよぉ」

薄はやはりザックに入っていたライターで十個の煙玉にすべて火をつけた。もうもうと煙がたちのぼったところを見計らい、それを階段の上へと投げこんだ。おもちゃの花火とバカにしていたが、これだけの個数ともなるとかなりの煙だ。薄は一気に階段を駆け上っていった。

「お、おい、薄！」

慌てて後を追い、階段を上りきったがそこは白い煙に覆われていて視界がない。すると、前方に何やら黒いものが動いた。薄ではない。明らかに男のシルエットだ。

須藤の横を、なにかが音をたてて通り過ぎていった。

「ぎゃっ」

前方のシルエットが叫び声を上げた。コンドームボールだ。薄がボールを投げ、それが命中したのだ。

須藤は男の影に向かって進む。そのとき、何かにけつまずいた。視界が利かないため、そのままバランスを崩して倒れこむ。手がムニュッと柔らかいものに当たった。その感触には覚えがあった。死体だ。

薄くなりつつある煙幕の中で、須藤は床に転がる二つの死体を確認していた。共に、グレーのパーカーを着た長身の男だ。アジア系ではあるが、日本人ではない。着衣、背格好などからみて、光吉殺しの容疑者として手配されている二人に間違いないだろう。

「な……」

須藤は顔を上げる。煙幕の向こうで死体と同じ格好をした男が立っていた。

カチリと撃鉄を起こす音。反射的に横に飛ぶ。すさまじい銃声が響き渡った。

弾は外れ、かなり離れた床に着弾する。須藤は必死で身を隠せる場所を探した。

「須藤さん、こっち」

薄の声に振り返る。壁際に薄汚れたオフィス用デスクが二つ、積み上げられているのが見えた。薄はその陰《かげ》に身を隠しているようだった。

彼女の声に、敵も反応し銃口をデスクの方に向ける。それより一瞬早く、例のボールが、男の顔に炸裂《さくれつ》した。

「うわっ」

その隙《すき》に、這《は》うようにしてデスクの陰へと転がりこむ。それを追うように、銃声が一発、轟《とどろ》いた。

「薄、こいつは……」

「話はあとです。靴下、脱いで！」

「え？」

「早く」

薄が須藤の右足の靴を摑み、無理やり脱がせた。

「いや、でも靴下……一応、今朝、かえたけど……」

須藤は靴下を取り、訳も判らず薄に手渡した。薄は左手に、十五センチほどの割れたガラス片を持っている。建物の窓ガラスはほとんどが割れたままだ。室内にも破片が散らばっている。薄はその一つを拾って持っていたらしい。

「危ないじゃないか、そんなもの……」

薄は無言で靴下をガラス片の一端に巻く。そしてバッグからだしたガムテープで靴下ごとぐるぐる巻きにした。

そうしている間にも、銃を持った相手はジリジリと間合いを詰めてきている。こちらが丸腰であるのは承知しているだろう。慌てずとも確実に仕留められる——その余裕からか、すぐには距離を縮めてこない。煙幕が完全に晴れるのを待っているのかもしれない。

その数秒が須藤たちにとっては貴重だった。

薄は先の尖ったガラス片を簡易ナイフに変えてしまった。靴下とガムテープを巻いたところは、グリップとして使うことができる。

ナイフを右手に持った薄はデスクの陰にしゃがみ、敵の気配を探っている。その間も左手はもぞもぞとバッグの中を探る。出てきたのは、パチンコ玉だった。それを左手で大きく山なりに放り投げた。デスクを越えたパチンコ玉は、床に当たって硬い音をたてた。敵はその音に反応する。

薄がやおら立ち上がり、ナイフを投げた。大きく腕をふりかぶり、肘《ひじ》のスナップも利かせている。美しいフォームだった。

男の叫び声が響き渡った。右肩口にナイフが突き立っている。須藤はデスクの陰から飛びだし、タックルを食らわせた。たしかな手応《てごた》えがあり、男の腰を抱えたまま床に倒れこむ。銃は取り落としたのだろう、手の中には見当たらない。須藤は顔を隠しているフードを剝《は》ぎ取《と》った。現れたのは見たことのない日本人の顔だった。

薄が脇に寄ってくる。手には靴紐《くつひも》が握られていた。須藤の靴から取ったものだろう。

痛みに悶《もだ》える男を器用にうつ伏せにすると、左右の手首を交差させ、靴紐で縛り上げていった。その間、わずか数秒だ。

須藤は床に転がる銃を拾い上げ、残弾が三発であることを確認する。煙幕の晴れた二階フロアを見回すと、北側に三階へと通じる階段がある。こちらもやはり金属製の細い造りだ。須藤は三階に向けて言った。

「残念ながら、お仲間は重傷だ。銃は俺の手にある。この場所もすでに通報済みだ。籠城《ろうじょう》していては、かえって不利になると思うがな」

果たして、拉致《らち》された戸嶋は無事なのか、相手の武器は何なのか。情報が皆無に等しい今、須藤たちにできることは、相手に考えさせないことだった。

カンと金属のプレートを踏む音がして、階段に人影が見えた。影は二つ。先に下りてきたのは、恐怖に顔を歪《ゆが》めた戸嶋だった。その喉元《のどもと》にナイフを突きつけ、彼の体を盾にした大柄《おおがら》な男が続いて姿を現す。先に倒した男と同様、グレーのパーカーにフードをかぶっていた。須藤は二人に銃を向けた。男が足を止める。銃口にさらされた戸嶋はひぃと叫び声を上げた。喉元のナイフは切っ先が震えている。

「さ、下がれ！　こいつが死ぬぞ」

「死んだって自業自得だ。まずいヤツを人質にしたな。おまえの前で震えている戸嶋ってのは、元密輸ブローカーだ。今は足を洗ってまっとうに暮らしているが、その昔はずいぶんと手荒いこともやってたんだぜ。殺しも含めてな」

戸嶋が意味不明の言葉をわめきだした。須藤は続ける。

「俺たちも騙《だま》されるところだったよ。戸嶋、おまえ、実はXだったんだろう？　正体不明のまま警察の追及をかわした、あのクレセント強奪の首謀者……」

「違う、デタラメや！」

戸嶋が叫ぶ。

「悪党はみんなそう言う。そんなヤツ、人質にとられたからって、どうしてこっちが気を遣《つか》わにゃならん」

須藤はあらためて、二人に銃口を向けた。

「二人仲良く、あの世に行くんだな」

須藤は照準を大きく外し、引き金を引いた。轟音《ごうおん》が炸裂する。戸嶋がさらに大きな叫び声をあげその場にしゃがみこむ。男はナイフを提げたまま、呆然《ぼうぜん》と立ち尽くしている。薄の動きは素早かった。男に接近すると、握りしめていた赤い粉を相手の顔に叩きつけた。男は目を押さえ、絶叫した。駆け寄った須藤は手からナイフを叩《はた》き落《お》とすと、背負い投げで床に叩きつけた。男は両目を押さえたまま気絶している。

「薄、おまえ、何をかけた？」

「七味です。京都で売ってる世界一辛いってヤツ」

「そんなものをサバイバルバッグに入れてるのか」

「いえ、これは個人的にいつも持ち歩いているものです。立ち食いそばに入ったときなんか、こっそりかけるんです」

「なんだ、私物か」

「目潰《めつぶ》し効果があることが、判りました」

「よくやったよ」

薄の肩を叩くと、須藤はへたりこんでいる戸嶋の脇にしゃがんだ。

「荒っぽいことをして申し訳ありませんでした。ただ、ああやって隙を作るしか手がなかったので」

戸嶋は荒い呼吸のまま、きょとんと須藤を見つめる。

「これは……あの、どういうこと?」

「罠《わな》だよ。我々二人に復讐するため、『ギヤマンの鐘』が仕組んだ。あんたは、その駒の一つとして利用されたんだ」

六

静が硬い表情のまま、須藤たちが足留めされている廃工場の一階に入ってきた。周囲は鑑識、出入り口は目つきの鋭い刑事たちによって固められ、手錠こそされていないが、事実上、拘束されているに等しかった。薄のバッグは押収され、携帯などの通信機器も取り上げられた。須藤と薄のまわりには捜査一課の刑事たちが二人、訝《いぶか》しげな表情で立っていた。二人の顔には見覚えがない。須藤が現場を外れてから配属されたのだろう。

「ご苦労さま」

静の姿を確認し敬礼すると、二人はホッとした様子を隠そうともせず、そそくさと持ち場を離れていった。

「芦部はどうしてる?」

「別の場所で、聴取を受けてもろてます」

「日塔に怒られそうだな。で、あの二人は?」

「病院に搬送中。意識ははっきりしてますけど、完全黙秘です」

「だろうな。簡単に口は割らんだろう」

「お二人はついこの間も、襲われたんでしたな、『ギヤマンの鐘』に」

「あぁ。タカ事件のときだ。そいつも結局、組織的関与については認めなかったと聞いている。俺たちを襲ったのは、あくまで個人の意思だと」

「そやけど、これだけ大掛かりな計画やで。無職同然の信者二人に実行できるわけが……」

「判ってるさ。設計図を書いたヤツも判ってる。それでも、ヤツらは口を割らんよ。そして、残りは死体だけ。死人に口なしさ」

「死んでも口はありますよ」

薄が不満そうに言う。

「死人は喋れない。そういうことさ」

「そうですねぇ。喋ったらバンビですよねぇ」

「ゾンビだ」

「トンビ？」

「バンビ……違うゾンビ！　まあともかく、薄のおかげで今日は助かったよ」

「あのくらい、朝立ち前……」

「飯だ!!」

静は薄の小さな体を見つめる。

「武器持った男二人相手に、ようやるわ」

薄は腰に手を当てて胸を張る。

「人間相手なら負けませんよ。クマやクラゲや毒ガエルに比べたらかわいいもんです」

静は苦笑すると、担架に乗せて降ろされてきた二つの死体に目を移す。

「結局、彼ら二人もええように利用されてたわけやなぁ」

「クレセントの動画。あれからすべてが始まったんだ。動画を投稿したのは、おそらく光吉自身だろう。バカなことをしたものさ。だが、長年の誘惑に抗しきれなかったんだろうな。クレセントを所有しているという」

「それを見た何者かが、拘置所にいるあの男に情報を流した。弁護士の久保塚やろか」

「多分な。なぜクレセントのことについて知っていたのかは謎だが。久保塚はそのネタをあいつに教え、図面を描かせた。俺たち二人を消すために」

「そやけど、なんでそんな面倒なことを?」

「俺たち二人を消すことは簡単だ。だが、『ギヤマンの鐘』が俺たちに恨みを持っていることは多くの者が知っている。下手にやれば、それがきっかけとなって教団が潰される。だから、俺たちの死が教団とは無関係であるという演出が必要だったのさ」

「それが、アロワナ……」

「クレセントの所有者が殺されたとなれば、遅かれ早かれ俺たちの出番になる。クレセントの情報が出れば、ウェイン・ウンも動く。そこまで読んでいたんだろう。読み通り、ウェインはすぐに手下の二人を日本に派遣。教団は二人の到着を手ぐすね引いて待っていたんだよ。ヤツらは二人を拉致して監禁。そして、二人に化けた信者が、光吉を拷問して殺害。何かを聞きだしたように見せかけた」

「あなたたちが、密輸ブローカーに行き着くお膳立《ぜんだ》てをしたわけやね」

「この事件に端《はな》からブローカーなんて絡んでいなかったんだ。ヤツらの計略に乗って、俺たちは戸嶋に行き着いた。後は俺たちの前で戸嶋を拉致、廃工場におびき寄せる。そこにはすでに殺害したケルビン・クエイとリイ・ジョン・センの死体がある」

「あとはあなたたちを殺し、凶器である銃を適当に転がしておけばええ」

「相討ちに見えるようにな。犯人はシンガポールから来た二人ということになり、しかも、殺しも押しつけられる。死んだ二人についても、ウェイン・ウンは知らぬ存ぜぬを決めこむだろう」

静はうなずきながら、ニヤリと笑う。

「京都の魔女はどのくらいまで読んでたんやろ」

「さあな。いずれにせよ、あいつが情報をくれたおかげで、俺たちの初動が早まった。だから後手に回らずにすんだのさ。命の恩人だよ」

「鬼頭管理官も今ごろ、祝杯を挙げているやろね。これで『ギヤマンの鐘』を完全に潰せる」

「さてどうかな。意外としぶといぜ、ヤツらは」

「一応の聴取が済んだら、帰れるようにしますわ。後のことは我々に任せて」

「頼む」

須藤は薄と目を合わせ、うなずいた。

「そうそう、一つききたいんだが」

須藤は静を呼び止める。

「例のアロワナ、引き取り先は見つかったのか？」

静は肩をすくめる。

「ケルビンとリイがこうなった以上、ウェイン・ウンは何も言うてこんやろうね。下手に関わったらフィッシュ・マフィアとの関係を探られる。実は一人、引き取りを申し出た男がおるんやけど」

「まさか、馬力克俊じゃないよな」

「三つ星……ちゃうな、赤星か。ケアホームの社長から、引き取ってもええって申し出があったそうや」

七

スーパーレッドと呼ばれるアジアアロワナは、鱗をギラリと光らせながら、須藤たちの前を悠々と横切っていく。

光吉殺しの現場に人気《ひとけ》はなく、ひっそりと静まり返っていた。水の循環するわずかな音だけが、室内に響いていた。

建物前にはまだマスコミが残っていたが、取材の主戦場は、須藤たちが抜けだしてきた、あの廃工場に移りつつあった。

謎の解明は終わったが、対外的にどのような発表をするか、静警部補も頭が痛いことだろう。馬力サイドからの圧力が緩むとは思えず、状況によっては「ギヤマンの鐘」の関与までも隠蔽されるかもしれない。外国のフィッシュ・マフィアによる凶行。そこで止《とど》めておいた方が何かと都合がいい。

「さて薄、どうしたものかな」

アロワナを見つめながら須藤は言った。

「釈然がいきません」

「混じってる」

「え？」

「まあいい。だが薄、どうしてそう思うんだ？」

「現場にはおかしな点があります。特にアロワナのまわりに」

「濾過器のドアについていた血痕、蓋に載っていた二本めのペットボトル。その二つか？」

「はい。もし『ギヤマンの鐘』の二人が犯人だったとして、どうして、そんなことをする必要があったんでしょう」

「捜査本部では、捜査の目をアロワナに向けさせるため、あえてやったと見ているようだが」

「でも、彼らにアロワナに関する知識が豊富だったとは思えないんですよねぇ。これは感覚なんですけど、もし光吉氏を殺した人物とアロワナの世話をした人物が同一人物なら、犯人はアロワナに相当な愛情を持っていると思うんです」

「二人が犯人でないとするなら、事件の構造自体がひっくり返る。いったい誰が犯人だと？　動機は？　侵入方法は？」

「正面玄関の受付や防犯カメラによれば、犯行のあった夜、怪しい人物の出入りはない」

「出入りしたすべての人物の身元が、特定されたそうだ」

「となると、やはり地下にある秘密の出入り口を使ったことになります」

「だがそこを通るには、居住者が中から鍵を開ける必要がある」

「犯人は馬力光吉さんの顔見知りだったのでは？」

「ちょっと待て。犯行時刻前後、敷地内のカメラに、ケルビン・クエイとリイ・ジョン・センの二人が映っていた件はどうなる？」

「映っていただけですよね。顔も不鮮明です。もう入れ替わった後だったんですよ。つまり、二人は最初から被害者の部屋に入るつもりなんてなかったんですよ。シンガポールから来た二人組に罪をなすりつけるためだけに、その場にいて、わざと防犯カメラに映った」

「話の次元が違ってきたな。では最初の疑問に戻る。被害者を殺したのは誰だ？　動機は？」

「顔見知りと言ってまず浮かぶのは、親族ですね。不仲だったみたいですが、実際に訪ねてきたら入れるかもしれません」

「その点だけ考えれば、あり得るな。光吉が盗品のアロワナ動画をネットにだした。匿名ではあったが、いつ何時、身元を特定されるかも判らない。この件が公になれば、政治家である父親と長男はダメージを受ける。そこで……。ふむ、動機にもなる」

「もしそうなら、本人よりまずアロワナを持ち去りそうな気がしますけど。現場に残しておいたら、タラコもカズノコもないですよ」

「元も子もない。魚卵だらけじゃないか。ええっと、何だ……そう、おまえの言う通り、アロワナを持ち去れば済むし、親族絡みとなると、『ギヤマンの鐘』が関わる理由がなくなる。馬力家の奴ら、揃いも揃って虫が好かないが、今回の件には無関係とみるべきか」

「今回の捜査で、アロワナに愛情があって知識もある人というと……」

「戸嶋、ウェイン・ウン、牛尾さんくらいか」

「ウェイン・ウン氏については、海外にいるわけですから、除外できると思います」

「牛尾さんもまずないな。密輸ブローカーの摘発に半生を捧《ささ》げた尊敬すべき警察官だ」

「逆に言うと、誰よりも密輸ブローカーには詳しかったということになります」

「……何が言いたい？」

「あの人なら、現地とのコネクションもありますよ。現地にもSがいると言ってましたし」

「それは……おい薄、いくらおまえでも言っていいことと悪いことがあるぞ。まさか、牛尾さんが、クレセント強奪に関係してると？」

「でももし、牛尾さんが身分を告げたら、光吉さんも部屋に入れませんか？」

須藤は思わず言葉に詰まる。尊敬すべき警察官という先入観が、須藤の目を曇らせているのかもしれない。あらためて、牛尾について考えてみる。

牛尾こそがウェイン・ウンが狙う男であり、彼はそれを隠蔽するため「ギヤマンの鐘」と手を組み、一連の事件を引き起こした――。ないとは言い切れない。

「牛尾さんが退職したのは、クレセント強奪のあった十年前。退職理由は奥さんの入院費支払いのため……」

クレセントを光吉に売れば、相当な金が手に入ったはずだ。退職金などと合わせて入院費を払い、その後、農園で悠々自適に暮らせるくらいの。

「やはり、牛尾か――」

「ブー！」

耳元で薄の声がはじけた。

「何だ！　びっくりするじゃないか」

「これを見てください」

薄は自分の携帯の画面を示した。

「さっき静さんから送られてきました」

画面にあったのは、早朝、自宅近くのコンビニ前を掃除する牛尾の姿だった。

「これ、光吉氏殺害当日に撮影された、コンビニ前の防犯カメラの画像です。牛尾さん、毎日、早朝掃除をしているそうです。撮影時刻は午前四時半」

「光吉氏の死亡推定時刻は同日の午前三時から四時の間。現場から牛尾さん宅まではかなりとばしても一時間半。夜中で道が空いていたとしても、四時半までに戻り何食わぬ顔で掃除を始めるのは無理だ。しかし、どうして静がおまえの携帯に？」

「だから、さっき気になって問い合わせたんです。牛尾さんのラバイ」

「アリバイな。もしかしておまえ、ずっと牛尾さんを疑っていたのか？」

「容疑者像にはぴったりだったものですから。でも、リハビリがあるのなら、違いますね」

「アリバイだ。いやそれよりも、それならそうと先に言えよ。とにかくもう、いろいろ、考えちまったじゃないか」

「牛尾さん、退職後も警備員やったりしてそこそこ収入あるみたいです。奥さんもよくなって今は元気にされているみたいですし」

「だから、それを先に言えと……」

心の中で牛尾に頭を下げる。一方の薄は、須藤の心情など気にもかけていないようだ。

「結局、戸嶋さんだけになっちゃいました。あの人も容疑者っぽくはあるんですけど、それでこんな酷い目に遭ったら、あまりにも間抜けですよねぇ」

「そう見えるためにわざとやったと考えることもできるが……やはり、無理があるだろうな。うーむ、容疑者がいなくなっちまった」

「もう一人いますよ」

「え？」

「戸嶋さんをそばに置く、魚好きな男です」

「そんな男いない……あ！」

「須藤さん、戸嶋さんの言ったこと覚えています？　十年くらい前まで、正体不明の密輸ブローカーがいたって」

「Xのことか」

「クレセント強奪に関わっていた可能性が高いと戸嶋さんは言ってました。今回の件にXが関わっていたと考えたらどうです？」

「そりゃまた唐突だな。だが……」

須藤はその可能性を検討してみる。戸嶋によれば、クレセント強奪とXが姿を消した時期は一致する。その仕事で巨額の利益を得たXはブローカー業から足を洗い、まったく別の仕事を始めた……。

「その線で少し進めてみようか。今回の件にXが絡んでいるとして、動機は何だ？」

「自分がXであることを知る者の口封じ、身代わりを仕立てXは死んだとみせかけること。そして……」

「そして？」

薄はさっとアロワナに視線を移した。

「クレセント……。伝説のスーパーレッドを手に入れること」

八

最終の新大阪行きのぞみを待つ東京駅ホームを、須藤と薄はゆっくりと歩いていく。グリーン車の停車位置では、背広姿の男が携帯に目を凝《こ》らしている。いいことでもあったのか、一人でニヤニヤと笑っている。

「やあ、赤星社長」

須藤は声をかけた。赤星は笑みをひっこめると、慌てて携帯をポケットにしまった。

「須藤……警部補。それに、ええっと、薄、薄さんだったね」

「とぼけなくてもいい。我々のことはリサーチ済みでしょう」

「何のことだい？」

「今見ていたのは、例の動画ですか？　馬力光吉が公開したクレセントの」

「いや、違う。明日の予定を確認していただけさ。それで、いったい何用ですか？　こんなところまで」

「いや、クレセントを引き取ってくださると聞いて、そのお礼に」

のぞみ号が入線してきた。最終便だけあって、ホーム上は混《こ》み合《あ》ってきた。

赤星はやや強張《こわば》った表情のまま、言った。

「そんなお気遣いは無用です。正直、とても光栄なことだと思っています。伝説のスーパーレッドを、我が手にできるんですからね」

「『ギヤマンの鐘』に礼を言わないとな」

「え？」

「クレセントが手に入ったのは、ヤツらのおかげだからですよ」

「『ギヤマンの鐘』？　何のことやら。クレセントにあの教団が絡んでいるのかね？」

「薄、クレセントの引き渡しはどうする？」

「少し時間がかかります。事件の後処理が片づいた段階で、移送の手続きをします。でも、アロワナの移送は難しいんですよ。大きな水槽が必要ですし、水の問題があります。いきなり水道水などに入れるのはアロワナのためにもよくありません。今、水槽に入っている水を汲《く》みだして……」

赤星が手をだして、薄を制する。

「私が責任を持って行うから大丈夫だ。費用も負担する」

彼はホームの時計に目をやる。のぞみ号のドアはすでに開いており、乗車が始まっていた。

「では、失礼する」

「戸嶋を身近に置いたのは、いざというとき、身代わりにするためか？」

「何のことを言っているのか判らない。彼はとてもよくやってくれている」

「あんた、戸嶋をXとして葬るつもりだったんだろう？　あの廃工場で、俺たちやフイッシュ・マフィアの死体と共に戸嶋の死体も見つかったとしたら。そして、彼の店から証拠となる品が出てきたとしたら、戸嶋はXと断定される。以後、Xは死んだこととされ、本物のXは安泰だ。今回のような件で、ウェイン・ウンに狙われる恐れもなくなる」

赤星は須藤たちに背を向ける。

「証拠はない。私は否定するだけだよ」

「そう言うと思っていた。だが、逃げ切ったと思わないことだ」

赤星の背に向かって須藤は言った。

「今回の事件はまだ終わっていない。俺はそう思っている。あんたを追い詰めるのは俺たちではないかもしれないが、いずれ命運は尽きる」

発車のアナウンスが響いた。赤星が乗りこむ。すぐにドアが閉まった。

のぞみはゆっくりと動きだす。表情を見られたくないのか、赤星はこちらに背を向けたまま、デッキから動こうとしなかった。

新幹線のテールランプを見送ると、須藤はホッと息をついた。

「俺たちにできるのは、ここまでだ」

「あの人、笑ってましたよ」

「何？」

「須藤さんがまだ事件は終わっていないって言ったとき、あの人、笑ってたんです。窓ガラスに映っているのが見えました」

「あいつ、まだ何かやるつもりかもしれないな」

「どうします？」

「大丈夫だ。ヤツの住まいは京都だろう？」

「ええ」

「京都には、俺たち以上に厄介な刑事がいるからな」

ホームの上を湿った風が吹き渡っていく。明日から東京は雨になるようだった。

赤星はこのまま逃げ切れるのか？　いや、京都には福家警部補が待っている！　本作は「福家警部補」シリーズの中編「鬼畜の檻」（東京創元社刊「ミステリーズ！　vol.91」に収録）に続きます！

福《ふく》家《いえ》警部補とは

捜査一課の警部補。長く警視庁で活躍してきたが、最近、京都府警へ派遣された。下の名前は不明。仕事で不眠不休が続いても疲れをまったく見せないが、警察バッジや財布など忘れ物がやたらと多く、周囲をあぜんとさせることも。酒豪で健脚。漫画や映画、演芸をはじめサブカルチャーにも詳しい。一見とらえどころのない会話で相手の毒気を抜き、冷静な観察眼で犯人の矛盾を見抜いて、真相に迫るのが彼女のやり方。そう、まるで刑事コロンボのように。

「福家警部補シリーズ」
東京創元社より刊行中！

『福家警部補の挨拶』　創元推理文庫
『福家警部補の再訪』　創元推理文庫
『福家警部補の報告』　創元推理文庫
『福家警部補の追及』　創元推理文庫
『福家警部補の考察』　創元クライム・クラブ

「鬼畜の檻」が収録される最新刊が待たれる!!

ランを愛した容疑者

一

「あら須藤《すどう》さん、コートのすそが！」

田丸弘子《たまるひろこ》はそう言いながら、すでに裁縫道具一式をデスクの上に並べ始めていた。

ハンガーにかけようとしていた手を止めて、須藤友三《ともぞう》はコートを弘子に手渡す。

「いつもすみません。一課のときから、ずっとお世話になりっぱなしで……」

寒さが緩《ゆる》み、時折、春を感じるような季節になると、毎年必ず、このやり取りが繰り返されてきた。

須藤は秋用、春用のコートなど持っていない。すべてロングコート一着で通している。晩秋から初春まで、毎日袖《そで》を通したコートはあちこちが傷んでくる。弘子が満を持して裁縫道具を取りだしてくるのは、須藤にとって春を告げる行事のようなものだった。

頭を下げる須藤に、弘子は勝ち誇ったような笑みを浮かべ、言った。

「ボタンも二つ、取れかけています。ずっと気になっていたんですよ」

「すみません。買い替えに行くのも面倒で」

服装には無頓着《むとんちゃく》であったし、刑事時代は、そんなものに気を遣《つか》う余裕はなかった。同じサイズ、同じ色のスーツを複数揃《そろ》え、職場と自宅にそれぞれ吊《つ》るしていた。洗濯をする暇もなく、汗で汚れた一式をそのまま捨ててしまったことさえある。新品を下ろしたその日、容疑者と格闘になり、お釈迦《しやか》にされたこともある。服など着られればそれで良かった。

染《し》みこんだ習性は、時間に余裕のある今の部署に来ても変わらない。もっとも、スーツや靴の保《も》ちは格段に良くなった。容疑者相手に丁々発止することもないし、夏の日差しの下、延々歩いて、靴をすり減らすこともない。

弘子は片目を瞑《つぶ》り、針に糸を通そうと格闘している。

「ああ、もう、老眼が……」

弘子はデスクの引きだしからメガネをだす。

着古したコートが今も現役でいられるのは弘子のおかげでもあることを、須藤は忘れていない。

総務部総務課動植物管理係。一課をなつかしく思うことは、もうなくなった。仲間にも恵まれ、出世、手柄《てがら》争いのギスギスとした空気とも無縁だ。頭の古傷がどうなるのかは判《わか》らないが、ここに骨を埋めるのも悪くはない。

窓の外は、やや霞《かすみ》のかかった青空が広がる。

「アロワナ」の一件以来、大した仕事もなく、頭も体も鈍《にぶ》り気味だった。大きく伸びをして、今日一日の過ごし方を考える。

何も浮かばない。

やれやれ。テレビのリモコンに手を伸ばそうとしたとき、廊下を来る足音が聞こえてきた。

荒々しくドアが開かれ、四角い鬼瓦《おにがわら》のような顔がのぞく。

「須藤いるか？」

弘子が糸を放りだして立ち上がった。

「あら、石松《いしまつ》警部補。お久しぶりです」

「ごぶさたしています。何やかやで忙しくて」

「今、お茶をいれますから」

そそくさと給湯室に入る弘子の背中を見やり、石松は須藤に目を移す。

「久しぶりだな。何だ、ぼんやりした顔しやがって。すっかりナマクラだな」

「ぬかせ」

と否定してはみたものの、石松の言葉は図星だった。

「そんなこったろうと思ったぜ。仕事だ」

薄いファイルを、須藤のデスクに置いた。中を見て、須藤は眉《まゆ》をひそめる。

「なんだこりゃ。本当に俺たちが出張《でば》んなきゃならないのか？」

「被害者が被害者だ。上としても、万全を期したいのさ」

「俺たちがその『万全』だと？　けっ」

「そう言うな。例のアロワナの一件でも、動植物……いや、警視庁いきもの係の評判は上々だ」

「アロワナと言えば、その後、『ギヤマンの鐘』は？」

「すっかり鳴りを潜めているよ。何人か逮捕者も出た。鬼頭《きとう》管理官の睨《にら》みも利《き》いている。しばらくは静かにしているだろう」

「あの京都から来た勇ましい刑事は？」

「静《しず》か警部補か？　ああ、よくやってるよ。優秀だな。なんでも、また新設される特捜班の責任者になるらしいぜ」

「それも管理官の肝いりか。よくやるよな、あの人も」

石松は真顔に返って言う。

「今回の一件、ヘマをすると、管理官の責任問題にまで上る可能性がある。しっかり頼むぜ」

「判ったよ」

弘子が湯呑《ゆのみ》を盆に載せてやってきた。ほうじ茶の香ばしい香りが部屋を満たす。

石松の四角い顔がほころんだ。

「や、これは何よりの」

熱い湯呑を鷲摑《わしづか》みにして、一息で飲み干す。

「いや、これはうまい」

「てめえ、口の中に神経が通ってないんじゃねえか？」

「その分、ほかが細やかなのさ。博物館のお嬢ちゃんによろしくな」

湯呑を弘子の持つ盆にそっと置くと、石松は部屋を出ていった。

須藤はファイルを脇《わき》に挟んで立ち上がる。

「やれやれ。出かけることになってしまいましたよ」

「大丈夫。もう終わってますよ」

弘子がコートを手にして、微笑《ほほえ》んでいる。外れかけていた第二、第三ボタンは、しっかりとつけ直されていた。

二

銀座《ぎんざ》のはずれにある警察博物館は、リニューアル作業も終わり、内装や常設展示を一新、親子連れなどで日々賑《にぎ》わっていると言う。

博物館まで以前は電車を利用していたが、今は専用の車がある。運転担当の芦部《あしべ》巡査部長は久しぶりの出動とあって、やや興奮気味であった。

警視庁から博物館まで、わずかな距離であるが、その間も絶え間なく口を動かしている。

「久しぶりに声をかけてもらって、うれしいですよ。僕、アロワナ事件のとき、ほとんど何もできませんでしたから」

「そんなことないさ。いい働きをしてくれたよ」

車は博物館裏手にある、職員専用駐車場に滑《すべ》りこんだ。

「さてと、どうだ？　一緒に来るか」

「いえ、ここでお待ちしています」

芦部はにこやかにそう答えた。

まあ、そうしておくのが無難《ぶなん》だろう。

須藤は正面へと回り、一般来場者に混じって受付前に進む。カウンターの中には、三笠弥生《みかさやよい》が今日も座っていた。

「須藤警部補、おつかれさまです」

「リニューアル後、盛況だな。薄《うすき》は元気か？」

弥生の表情が強張《こわば》った。

「え……と、多分、元気だと思います」

「多分？　君ら、毎日、顔を合わせているんじゃないのか？」

「いや……今はその……特別と言うか、この二日ほど、会ってなくて」

「会ってない？　薄は自分の部屋にいるんだろう？」

「いることは、いるんですけど……ちょっと生理的に近づけないと言うか」

意味がさっぱり判らない。

それにしても、弥生の顔に浮かんだ嫌悪感はどうしたことだろう。彼女と薄は初対面から意気投合し、一緒に飲みに行く仲だと聞いていたのだが。

「薄と、何かあったのか？」

「いえ、そんなことは。ただ、ちょっと……」

閃《ひらめ》くものがあった。

「ひょっとして、あいつの部屋に何かいるんだな？」

弥生は無言でうなずいた。その表情は嫌悪を通り越して、もはや怯《おび》えであった。

「判った。とにかく、行ってくる」

「気をつけて下さい。絶対、戸を閉めて下さいね。絶対ですよ」

悲鳴のような弥生の声を聞きながら、専用エレベーターに乗った。

リニューアルしたのは、三階までの展示スペースだけで、薄のいる五階は以前のままである。両側《りょうがわ》に会議室のドアが並ぶ。

エレベーターを下りて、最初にすることは決まっている。臭《にお》いをかぎ、物音に耳をすませる。

無臭。静寂。そのことが、かえって須藤を不安にさせた。薄の行状には、毎回毎回、驚き呆《あき》れてきた須藤であったが、今回はいつもと雰囲気が違う。

須藤は廊下をゆっくりと進み、一番奥にあるドアの前に立った。「うすき」と平仮名で書かれたプレートが傾《かし》いで下がっている。

ドアに耳をつけ、中の様子を探る。ここもまた、無音だ。

覚悟を決めて、ドアを叩《たた》いた。

「おい、薄！」

すぐに、薄の脳天気な笑い声が聞こえてきた。

「ほーら、やっぱり須藤さんだ。言った通りでしょう？」

「何だ？　誰かいるのか？」

「いますよ」

「誰だ？　警視庁の人間か？」

「えっと……警視庁にもいるかもしれませんが、警視庁の個体ではないです」

「あ、それと、人間じゃないですから。枯れたススキ」

「こ・た・い？」

「……それは悪《あ》しからずと言いたいのか？」

「あ！　ススキじゃなくて葦《あし》」

「違う、葦じゃなくて悪しだ！　いや、そんなことはどうでもいい、何だ人じゃないって。おまえ、今会話してたじゃないか」

「会話と言うか独《ひと》り言《ごと》なんですけど、なんか、私の言葉が判るみたいなんですよね」

「とにかく、入るぞ」

「入ってもいいですけど……」

「ゴチャゴチャ言うな！」

ドアノブを回し、ドアを開こうとしたとき、薄の鋭い声が響いた。

「こら、ゴキノザウルス！　出ちゃダメ！　おまえ、逃げたらすぐに潰《つぶ》されちゃうよ」

須藤は慌《あわ》ててドアを閉め、廊下に戻った。無数の何かがうごめく巨大なアクリル製の水槽が目に入ったような気もしたが、必死に記憶から消去する。

「う、薄ぃ……その部屋にいらっしゃるのは、もしかしてその……」

「はい、ご想像通りの昆虫です」

「えっと、た、たくさんいらっしゃるのか」

「はい。ざっと三千二百五十三匹」

弥生が見せた、嫌悪、怯えの意味が理解できた。

「そんな数のゴキ……いや、昆虫がどうしておまえの仕事場にいるのかな？」

「殺虫剤メーカーに納品予定のものだったんですよぉ。交通事故で立ち往生してしまって、うちで預かっているんです。明日には全部、引き取ってくれるはずです」

「管理は大丈夫なんだろうな」

「はい。完璧《かんぺき》です。あ、今ちょっと一匹だけだして、様子を見ていただけで。どの個体も元気で……」

「判った、もういい。早く出てこい」

「あれ？　須藤さん入らないんですか？」

「俺は忙しいんだ。早く準備して、出てこい」

「でも、今回は何の動物なんです？　それが判らないと……」

「動物じゃない、植物だ」

「え？」

「うちは動植物管理係。当然、植物も受け持ちの範囲内だ」

「うわぁ、うれしいなぁ。私、動物もですが、植物にも口がないんですよ」

「目！」

「え？」

「ないのは目だ」

「で、何の植物ですか？」

「ラン」

「ランって、あのラン」

「そう、ランだ」

「ランかぁ」

「そう、ランだ」

「ファレノプシスですか？　デンドロビウムですか？　それともパフィオペディラム？」

「なんでもいいから、早く出てこい！」

須藤はドアを蹴《け》り上げた。

三

後部座席に座った薄は、かなり不機嫌な様子だ。

「もう、どうしてみんな、ゴキノザウルスたちを嫌うのか、判りませんよぉ」

芦部はどうやら、虫が苦手な質《たち》らしい。話を聞いただけで、ハンドルが左右にぶれる。

「だって、気持ち悪いじゃないですか。変に光ってるし、走り方も……ああ、思いだしたただけで気持ち悪くなってきた」

「弥生さんにも、同じこと言われました。預かっている間は、半径十メートル以内に近づくな、一匹でも逃がしたら永遠に絶好調だって」

「絶交な。勘違いしてると、友達なくすぞ。しかし、三笠君の肩を持つわけじゃないが、彼女の言い分の方が今回ばかりは正しそうだな。一匹や二匹ではなく、三千……」

「三千二百五十三匹」

「そりゃ、俺だってぞっとしない」

芦部が言った。

「引き取った後、勘定するんですかね」

「すると思いますよ。もし減っていたらどうしよう。でもあの環境ですから、共食いだってあり得ます。あ、逆に卵がかえって増えてたりして」

車が大きく蛇行《だこう》する。

「や、止《や》めて、本気で気持ち悪いです」

須藤はいつものごとく、ドライバーズシートを蹴り上げる。

「この程度で狼狽《うろた》えるな。しっかり前見て運転しろぉ」

車が安定を取り戻したところで、須藤は薄にファイルを渡した。

「これが今回の担当。ランはランでも、コチョウランだ」

「ああ、ファレノプシス」

「あん？　晴れの日に死す？」

「ファレノプシス。コチョウランの学名です。ギリシャ語の〝phalaina〟と〝opsis〟の二つの単語からできているんです。〝phalaina〟は蛾《が》、〝opsis〟は見かけと言う意味です。つまり、蛾のようなって意味になります。英語名はそのまま、モス・オーキッド。蛾のランって意味になります」

「蛾ねぇ。日本では花びらが蝶《ちょう》に似ているから、コチョウランだが……」

「欧米とは感覚が違うんですね。でも、コチョウランは世界中《せかいじゅう》でとても人気があります。原種のファレノプシスは、タイ、ミャンマー、台湾《たいわん》、インドネシアなどの標高三百メートルから千五百メートルのところに自生しているんです」

芦部が「へぇ」と興味深げに後ろを向こうとする。

「前を向け！　運転中だ」

すかさず、須藤のケリが飛んだ。

「は、はい……」

「す、すみません。でも、一度は見てみたいですね。野生のコチョウランが群生しているところ。綺麗《きれい》だろうなぁ」

「どうですかねぇ」

薄の返答はそっけないものだ。

「今流通しているファレノプシスは、アマビリスやアフロディテなどの原種をかけ合わせて大型化したもので、長い時間をかけて作りだされたものなんですよ」

「そ、そうなんですか……」

「原種は六十種以上ありますが、毎年のように新しい品種が生まれているんです。名前をつける暇もないほど、次々と誕生してはなくなっていくんです」

須藤は言った。

「まあ、素養のない俺から見れば、どれもただの白い花だけどな」

「ファレノプシスは白だけじゃありませんよぅ。ドリテノプシスの仲間のピンク系や黄色系、あと模様の入ったスポット系もあるんです」

薄に熱く語られても、元来、植物には興味のない須藤だ。今まで庭いじりなどしたこともないし、そもそも、人から花を贈られるという経験もない。仲間の送別会に花《はな》束《たば》を持っていったこともあるが、すべて事務の女性に手配をしてもらったものだった。

　とは言え、そんな須藤ですら、コチョウランの美しさだけは理解できる。贈答用として珍重される花は、たとえ植物に興味がなくとも、そこここで見かける機会があるからだ。一昨日も、新規オープンしたパン屋の店先に、祝いの花として置かれていた。

「だがまあ、綺麗なものだよな。白い花が滝のように溢《あふ》れでていて」

　薄がチチチッと舌を鳴らしつつ、立てた人差し指を左右に振った。

「贈答用のファレノプシスは、三本立てが原則なんです。あれは一種のデコレーションです。たしかに一本にたくさん花をつけますが、原則一株から一本の花茎しか伸びません。須藤さんが知っているのは、一つの鉢に三株前後のファレノプシスが寄せ植えしてあるんです」

「そうなのか。あれが一株じゃないのか」

「ファレノプシスの原種はどちらかと言うと、素朴な外観をした花です。高級感や派手さは、あくまで演出の結果なんですよ」

　夢を真正面から潰された気がしなくもないが、その程度で滅入《めい》るような神経は持ち合わせていない。

「とにかく、コチョウランについてはもういい。それより、この資料に目を通しておいてくれ」

薄は両手で受け取りながら、言った。

「今回は事件の現場に、ファレノプシスがあったということですね」

「なあ、そのハレノヒニシスは止めてくれないか。ちゃんとした名前があんだから、コチョウランでいいだろう」

薄が仰々しく、低い声で言った。

「園芸家は名称を重んずるからだ！」

「な、何？」

「われわれ園芸家は名前を重んずる。だから、立ててあるラベルを抜きとってゴチャゴチャにかきまぜる子供やウタイツグミを、わたしたちはにくむ！」

「だから、なんなんだそれは!?」

「園芸家12ヵ月。カレル・チャペックですよ」

「枯れたケチャップって何のこっちゃ」

「チェコの文学者カレル・チャペックが書いた本です。園芸家のバイブルですよ」

「俺は園芸家じゃないし、ケチャップは嫌いだし、俺たちが向かっているのは庭じゃなくて殺人現場だ」

「これだから、ネトウヨのない人は……」

「キョウヨウだ！　ネトウヨなんてない方がいいんだよ！　とにかく、早くファイルを見て」

運転席から芦部が間延びした声で言った。

「もうすぐ着きますよぉ」

「判りましたあー」

薄がファイルを開く。いつものことながら、ファイルと言っても、概略を記した紙が一枚入っているだけで、大した情報はない。

「えっと、場所はホウトウ区？　不真面目《ふまじめ》な場所ですね」

「何で音読みなんだ！　トシマ区だよ。豊島区民にぶっ飛ばされるぞ」

「えー、トシマ区、白目……こわーい」

「目白《めじろ》だよ！　ひっくり返すな」

「亡くなったのは……えーっと、こうしゅうでんわ……え？　電話が殺されたんですか？」

「高秀殿和！　た・か・ひ・で・と・の・か・ず」

「ああ、ここもチン読み」

「クン読みな」

「クンクン」

「うるせえよ！」

「あの、目的地に着いちゃいました」

「ああ、もぅ！」

須藤はシートベルトを外し、外に出る。

「結局、何の準備もできなかった」

「でも、ファレノプシスについては、詳しくなりましたよね」

薄は須藤の横で無邪気に笑う。

「まあいい。芦部、ここで待っていてくれ。そんなに時間はかからないと思う」

その言葉に芦部は眉を寄せる。

「本当ですかぁ？」

「大丈夫だ。今度の案件は事故死として結論が出ている。さあ、行くぞ薄」

「はーい」

二人の前にあるのは、厳《いか》めしい観音開きの門だった。今は開け放たれ、その先には石畳が続く。両側には形の良《い》い松が植わり、そのさらに向こうにはカンザキアヤメ、シャクナゲなどが茂る。よく手入れされており、木々や植物たちは、来たるべき春に備え、じっと身を縮めているように見えた。

石畳の先には、木造の日本家屋が控《ひか》えていた。格子戸は開かれており、土間と靴脱ぎ石が見える。その周囲には、清楚《せいそ》な雰囲気に合わない無骨な革靴が数足、脱ぎ散らかしてあった。それらの中にはパンプスも混じっている。女性の捜査員、鑑識課員もいるようだった。

玄関に人気《ひとけ》はなく、明かりも消えたままだ。屋敷中がしんと静まり返っている。

須藤は靴を脱ぐと上《あが》り框《がまち》に立ち、右手にのびる暗い廊下を見やった。やはり人の姿はない。

「誰かいないか」

声をかけてみる。ガタピシと襖《ふすま》の開く音が遠くで聞こえた。

大通りからは離れているが、車の音など都市の喧騒《けんそう》がまったく耳に入ってこない。都内のど真ん中に、こんなお屋敷が残っていたんだなぁ。

感慨に浸っていると、ドスドスと足音が響いてきた。まもなく、廊下の向こうにずんぐりとした男が姿を見せた。

「何だ、あんたら。ここは立入禁止だよ」

所轄署の刑事らしい。居丈高《いたけだか》な物言いにカチンときたが、揉《も》め事《ごと》を起こしても仕方がない。須藤は身分証をだし、言った。

「警視庁総務課動植物管理係の者だ」

男が「ああ」とうなずく。

「いきもの係ね。聞いてるよ」

いきもの係の通りも以前に比べ、格段に良くなった。

須藤の背後に隠れるようにしている薄を伴い、廊下を進む。天井が低く、ところどころに下がった電灯に頭をぶつけそうになる。前を行く刑事も鬱陶《うっとう》しげに頭を左右に振って避ける。

右側には食堂や台所に通じていると思われる戸、左側にはすりガラスのはまった小さな窓がそれぞれある。

屋敷の総面積は四百坪をゆうに超えるだろう。すりガラスの向こう側には、立派な日本庭園が広がっているに違いない。

固定資産税だけで、どんだけになるんだ？

つい、銭《ぜに》勘定の方ばかりが気になってしまう。

さらに廊下を進んだ右側に階段があった。手すりもない、細く急な階段だった。階段の前には黄色いテープが張られ、階上ではゴトゴトと数人の足音が響いている。

須藤は足を止めて、階段を見上げた。

「高秀氏はここで？」

刑事が答えた。

「ああ。足を滑らせたんだろう。首の骨が折れていた」

「高秀氏はかなり高齢だったんだろう？」

「七十八だったかな。それでも健康そのもので、病気一つしていなかったらしい」

突然、傍《そば》にある引き戸が開き、そこから細身の女性が姿を見せる。

「いきもの係さんが、そんなこと聞いてどうするんです？」

鋭い目が須藤を睨む。

「君……は？」

女性は身分証を示した。

名前は久留鈴端、階級は巡査部長となっていた。

身分証をのぞきこんだ薄が、目を丸くして言う。

「うわぁ、珍しいお名前ですね」

「ええ。よく言われます」

「クルリンパなんて、めったにないですよ」

須藤は慌てて言った。

「バカ、薄！　ひさどめ……すずは……だよ」

「おお、チン読み」

「音読み……違う、訓読みだ」

「クンクン」

「うるせえよ」

前で聞いている久留の顔がみるみる赤くなる。

「現場に来て、ふざけないで下さい!!　なんですか、人を捕まえてクルリンパって」

「いや、申《もう》し訳《わけ》ない。今のは忘れてくれ」

だが、女性刑事の機嫌は簡単に直りそうもない。男の刑事は、そんな様子を笑いながら見ているだけだった。

須藤は久留に言った。

「聞いてくれ。動植物の世話って言うのは、その人その人の性格や癖《くせ》が表れるものでね。まず人となりを知るところから始めるのが常なんだ。そうだよな、薄」

薄は黙ってうなずいた。

久留はそれでも、険《けわ》しい表情を崩さない。

かつての俺も、こんなふうだったんだ。自身に言い聞かせ、須藤は次の反応を待つ。

「ま、別にいいんじゃないか？　事故死なんだしさ」

男の刑事が言った。ここで意固地になっても仕方ないと判断したのか、久留は腰に手を当てながらぞんざいな口調で言った。

「で、いきもの係さんが把握している情報っていうのは、どの程度なんです？」

「渡されたのはこの薄いファイル一つだけでね。被害者の名前くらいしか、判らないんだよ」

「死んだ高秀殿和が何者なのかは、ご存知ですよね？」

「たしか、高秀プリントの創業者」

「そう。最初は蒲田《かまた》の小さな印刷所だったそうです。八〇年代に、革新的なコピー機やプリンターを次々と開発、瞬《また》く間《ま》に大手と肩を並べるほどになった。二〇〇〇年代に入ってからは、ＰＣ用プリンターで一世を風靡《ふうび》し、生産台数では日本第三位」

「記憶では六年ほど前に、取締役《とりしまりやく》を解任されたとか」

「そう。ワンマン経営のツケってヤツなんでしょう。ただ、一度の挫折《ざせつ》でへこたれるような人物ではなかったようで、すぐに高秀印刷と言うベンチャーを立ち上げ、折からの不況で大手を解雇された技術者を高待遇で迎え入れた。壁から布に至るまで何でも印刷可能なシステムを作り上げて、業界を震撼《しんかん》させた……と」

横から男の刑事が口を挟む。

「これは全部、経済誌からの受け売りなんだよ」

「ちょっと、余計なこと言わないで下さいよ」

「悪い悪い」

久留と言う刑事、当たりはきついが、同僚たちには愛されているようだった。

須藤は言った。

「それにしてもすごい屋敷だ。資産はかなりあったんだろうなぁ」

久留が肩をすくめる。

「我々とは住む世界が違います。でも、仏《ホトケ》になってしまっては」

そう言って、階段の中程を見上げた。その機を逃さず、須藤はさりげない調子で尋《たず》ねた。

「転落の状況は、どんな感じだったんだ?」

「寝室は二階にありましてね、朝、下りてくるときに足を滑らせたのでしょう」

「気の毒に」

「死亡推定時刻は午前六時前後。まあ年寄りですから早起きでも不思議はないんですが、手に薄いビニール手袋をはめていたことから、ランの世話をしようと早起きし、転落したものと我々は考えています」

「見つけたのは？」

「通いのお手伝いですよ」

「通い？　高秀氏はこの屋敷に一人で住んでいたのか？」

「住み込みの使用人が何人かいたようですが、二週間ほど前に全員、暇をだしたらしいです。以来、一人暮らし。食事や掃除は、家政婦紹介所を通じて派遣してもらっていたようです」

「使用人をねぇ。何か理由があったのかねぇ」

久留はそこでぴしりと言い放つ。

「もうそのくらいでいいでしょう。さっさと仕事をして下さい」

「はいはい」

須藤は両手を上げて、降参の意を示す。

「それで、高秀氏が育てていたランというのは、どこにあるのかな？」

「廊下の突き当たりを左」

「どうも」

二人の刑事に向かって頭を下げる。久留は仏頂面のまま、ぷいと踵《きびす》を返《かえ》し離れていった。もうひとりの刑事は苦笑しつつ、後に続く。

「さて薄、ランとご対面だ」

廊下の突き当たりは、姿見になっていた。左右に襖扉があり、右側は開いたままになっている。のぞいてみると、クローゼットとして使われていたようだ。和ダンスが二棹《さお》、壁際に置いてある。着替えた後、廊下の姿見で身だしなみを確認するのが習慣だったのだろう。

須藤は左手の襖を開いた。廊下は明かり取りの窓も小さく、昼であるにもかかわらず薄暗かったが、戸を開けた先は、思わず目を細めてしまうほどの豊かな光に満ちていた。

畳敷きの広間が二間続きになっていた。南側はすべて窓ガラスで、レースのカーテンごしに、やわらかな日差しがさしこんでいる。家具調度の類はほとんどなく、生活感はまったくない。

その代わり、部屋には無数のコチョウランが置かれていた。こぼれ出るような白い花々が、窓辺にそってずらりと並ぶ。その数、三十ではきかない。清楚で無垢《むく》な花の美しさは、園芸に疎《うと》い須藤ですら、思わず言葉を失うほどであった。

「これは……すごいな」

そんな須藤の脇を抜け、薄がすっと音もなく部屋に入った。

薄のことだ、これだけのランを見たら「うわぁ」だの「すごーい」だの大騒ぎをすると思っていたのだが……。

薄は首を傾げたまま、爛漫《らんまん》と咲き誇るコチョウランを丹念にチェックしていく。

薄の反応に疑問はあったが、ここは彼女に任せるよりない。須藤はあらためて、和室の中を見回した。

広間と言っても、宴会など公的に使われていた場所ではない。あくまで家人のための、プライベート空間として使われてきた部屋のようだ。その証拠に、手前の部屋には立派な仏壇があった。花もお供えもないため、どこか寒々とした印象だ。そんな仏壇の前には、女性の写真が一枚、置かれたままになっていた。四十代半《なか》ばくらいの、美しい洋装の女性が、控えめな笑みを浮かべている。高秀の娘だろうか。高秀の家族関係について、ファイルに記述はなかった。

須藤はランが置かれている奥の部屋に移り、庭に目を転じる。遠近感や色彩が計算しつくされた、和の風景が見渡せる。おそらく名のある造園家の仕事だろう。

主《あるじ》を失ったこの屋敷がこれからどうなるのか、須藤は考える。高秀氏に血縁者はいるのだろうか。いるとしても、果たして、この屋敷を相続できるだけの財力を持っているのだろうか。売却するにしても、今の日本にこれだけの物件を買える人物はそういないであろうし、早晩、庭ごと潰されて更地となり、マンションにでもなるのが関の山なのかもしれない。

事故死とは言え、やりきれんなぁ。

そんなことを思いつつ、ふと、薄が部屋の真ん中でポツネンと立ち尽くしていることに気づいた。

やはり今日の彼女は何か変だ。

「おい、薄、大丈夫か？」

「うーん」

「何か妙なことでも？」

「うーん」

「うーんじゃ判らんよ。気になることがあるのなら言ってくれ」

「亡くなった高秀氏は、ファレノプシスを本当に愛していたのでしょうか」

「愛してって……この部屋を見れば判るだろう。これは、高秀氏が丹精こめて育てたものなんだろう？」

「そうなんですけどねぇ……」

薄は手近にあった鉢に近づくと、鉢の縁を覆《おお》うようにしてはえている肉厚の葉をそっと手に取った。

「この鉢は肥料の状態もいいですし、よく手入れがされています。花の状態もいいですね。リップの部分にほんのり黄色が入っているのも、まあ一般的ではありますが、美しいです」

「リップ？」

「唇弁《しんべん》のことです。ファレノプシスは三枚の萼片《がくへん》と三枚の花弁で構成されています」

薄は小さな花の一つを指さしながら言うが、老眼の須藤には、いくら目を細めてもはっきりとは映らない。

「薄、いきなりそんなことを言われても……」

「萼片と言うのは、下向きに二枚、真上に一枚、開いているものを言います。最近では、セパルとも言います。花弁はセパルの手前にある三枚、スペード形のものが左右に一枚ずつ、そして真ん中に一枚。この真ん中にあるのが、唇弁です。最近は花弁をペタル、唇弁をリップって言うんですよ。この形は、ファレノプシスだけでなく、ランに共通なんですよ。パフィオペディラムもエピデンドラムも、オンシジウムも……」

「判った、判った。名前を聞いているだけで、頭の中が捻《ねじ》れてくる」

「われわれ園芸家は名前を重んずる!」

「カレタ・ケチャップはもういい」

「違いますよ! カレル・ペチャック……あれ、チャペック? あれ?」

「おまえも捻れてきたな」

「須藤さんのせいですよぉ」

「で、ここにあるランの何が気に入らない? もう少し説明してくれ」

「あのぅ」

廊下の戸口に立ち、こちらをのぞきこんでいる背広姿の中年の男がいた。実直そうで穏《おだ》やかな雰囲気をまとった人物だ。警察関係者でないことは、ひと目で判る。

須藤は男に向き直って言った。

「何か? ここは立入禁止ですが」

男は狼狽えて目が泳ぐ。元来、小心な男のようだ。

「そ、それは……あの、どういうことでしょうか。私はこの時間にランを引き取りに来るよう、警察から言われていただけで」

薄がピョコンと前に飛びだした。

「これを？　ファレノプシスを持っていっちゃうんですか？」

男からすれば、薄は明らかに挙動不審人物である。彼は救いを求めるように、須藤を見た。これもまた、現場ではよくあることだ。

須藤は咳払《せきばら》いをして、口を開く。

「我々は警視庁動植物管理係の者です。高秀氏の残されたランは我々が世話をすることになっているのですが」

「そんな。社長が丹精こめて育てたランですよ。これはもともと、うちの会社で引き取ると申し上げていたはずです」

「どうやら、どこかで情報が入れ違ったようですなぁ。世話をする者がいない動植物に限って、我々が面倒をみることになっているのですが」

「これは私どもの伝え方が悪かったのかもしれません。その点については、重々お詫《わ》びを申し上げますので、ランについては、私どもに……」

「そういうことであれば、上に相談してみますが、ところで、あなたはいったい、どこのどなたです？」

男は目にも留まらぬ速さで、上着の内ポケットに手を入れた。銃でもだすのではないかと、身構えたほどだ。

男が取りだしたのは、様々な色が乱舞する不思議な模様のプリントされた名刺入れだった。

「申し遅れました。私、こういう者で」

手慣れた様子で、須藤に名刺を渡した。そこには大きく黒々と「高秀印刷」とあり、その脇に小さく「副社長」、その下にさらに小さく「中戸伴羽」とあった。

後ろからのぞきこんでいた薄が、クスクス笑いながら言った。

「ちゅうとはんぱさん」

「なかと・ともばねと申します」

言われ慣れているのか、中戸は表情一つ変えず、言った。

須藤は無理やり、薄を後ろに追いやると、ハハハと笑った。声は裏返り、顔は強張っていたが、とにかく何かやっていないとバツが悪くていたたまれない。

だが薄にはそんな感覚はない。ケロリとした様子で、中戸に対して、質問を続けた。

「亡くなられた高秀氏は、このファレノプシスをご自分で育てていたんですか？」

「ファレ……？　ああ、コチョウランのことですか」

中戸は薄の存在を訝《いぶか》りつつも、長年の会社員生活で身についたものなのだろう、如才ない態度で接し始めた。

「はい、それはもう、毎日毎日、丹精こめて」

「丹精こめて……ねぇ」

薄がため息混じりにそう言うと、中戸の前を離れ、またランの鉢を一つ一つ、見て回り始めた。

薄から注意をそらそうと、須藤は中戸に話しかける。

「社長はランを愛してらしたんですなぁ。そこにつけておられる社章は、ランをかたどったものですか？」

中戸の上着の襟には、金色に光る社章があった。

「ええ。社長の発案でしてね。まさしく、ランをかたどったものです。もっともこれは、役員だけのものでしてね。社員には、もっと目立たないものを用意しています」

「そうですか。いやあ、見事なものですなぁ」

我ながら空々しい。中戸の不安もいよいよ増大してきたとみえる。

「あ、あのぅ、それで、ランは……」

「ご心配なく。すぐにあなたがたの元に戻るよう、手配します。ただ、その前にいくつかおききしたいことがありましてね」

「それはどういう意味でしょうか。まさか、社長の死に不審な点でも？」

「いやいや、そんなことではありませんよ。形式的なことです」

「はぁ……」

「まずは、高秀氏とあなたのご関係について。肩書は副社長となっていますが？」

「高秀とは、前職時代からの付き合いで」

「高秀プリントですね？」

「はい。前職、高秀プリントの創業当時から、高秀の下でやってきました。高秀は天才肌のエンジニアで、とにかく発想が素晴らしかった。ただ、そうやって飛びだしてきたアイディアを記録し、分析し、発展させることには、あまり興味がなかったのです。天才にありがちなことではあります」

「なるほど。判ってきましたよ。高秀氏の天才的な閃きを記録するのが、あなたの役目だった」

「おっしゃる通りです。正直、高秀は人付き合いも上手《うま》くなく、敵も多かったのですよ。彼一人ではここまでの成功はなかった。そう自負しています。ですから高秀プリントを解任されたとき、私も一緒に……あのぅ、こんなことが、ランの生育と関係あるのでしょうか」

「いやあ、あくまでも形式ですよ、形式。それで、そんな天才エンジニアであった高秀氏が、なぜランを愛するようになったのです？」

中戸が言葉を詰まらせ、手で口を押さえる。寝不足のためか充血した目がみるみる潤《うる》んでいった。

「……いや、申し訳ない。ちょっと高秀のことを……」

高秀プリント創業時からとなれば、付き合いも深いものであっただろう。二人三脚でやってきた同志を、突然失ったのだ。中戸の悲しみは察して余りある。

須藤は中戸が落ち着くのを、無言で待った。

くしゃくしゃになったハンカチで涙を拭《ぬぐ》うと、中戸は大きく息をつき、須藤の視線を避けるようにうつむいた。

「面目ありません。何とか気持ちの整理をつけたつもりでしたが、ランのことになると……」

「高秀氏はそれほどランを大事に？」

「ええ、それはもう。特に今の時期は美しい花が咲いています。日の当たり具合、室温、とても気にかけておりました。出社前、すべての鉢をチェックするので、毎朝五時に起きるのが日課で……」

そのとき、薄が音もなく駆け戻ってきて、中戸の前に立った。ギョッとして飛《と》び退《しさ》る中戸に、薄はいつになく真剣な面持ちで尋ねた。

「公衆電話さんは、毎朝、何時に出社されていたんですか」

「え？　は？　公衆電話？」

須藤は空咳《からせき》を繰り返し、中戸の注意を引く。

「いやあ、それは、そのぅ、こうしゅーのですな……えっと、まあ、警察の符牒《ふちょう》です。それで、高秀氏は何時に出社を？」

「気ままな男でしたが、午前十時きっかりに出社しておりました」

「ここからは車で？」

「運転手付きの車で移動しておりました。ただ運転手が病気で亡くなりまして、それ以降は、もっぱら電車やバスを使っていました。歳だから車にしろと再三、言ったのですが、人混みの中の方がアイディアが出るとか言って……。少し遅めの十時に出社するのは、ラッシュを多少でも避けるためだったようです」

「ここから会社までの所要時間は？」

「二十分ほどでしょうな」

薄がフムフムとうなずきながら、再び中戸ににじり寄る。

「と言うことはですね、公衆……」

薄ははっと口を閉じ、眉間《みけん》に皺《しわ》を寄せる。

「えっと、えっと、何だっけ、公衆、口臭、甲州、あ！　たかひで！　高秀さんはファレノプシスの世話をするために、わざわざ早起きをしていたってことですね。だって十時に出勤するなら、もっとゆっくり寝ていられますもんね」

中戸は困り顔でうなずいた。

「まあ、そうなりますね」

「高秀さんが亡くなられたのは、早朝でした。つまり、ファレノプシスの世話のため早起きをして、その際、階段から落ちた。そう考えて良いのでしょうか」

「警察の見解に私どもが口を挟むことはできませんが、おそらくその通りだろうと思います。疲労が溜《た》まっていたのか、貧血にでもなったのか、とにかく、無念です……」

薄の質問が一段落したのを見て、須藤は言った。

「先ほどの質問にまだ、お答えいただいておりませんでしたな。高秀氏がそこまでランを愛しておられた理由《わけ》」

中戸は深くうなずくと、あの仏壇の方に目をやった。

「それは、奥様の影響です」

「奥……様……」

仏壇に置かれた遺影は、四十代半ばの女性である。

中戸は「またか」と少々うんざりした気配を漂わせつつ、説明を始めた。

「高秀は十年前、六十八のときに、結月《ゆづき》さんと結婚されました」

「なるほどそういうことですか。しかし、あそこに遺影があるということは……」

「ええ。今から四年前、奥様が病気で他界、まだ四十五才でした」

「それはお気の毒に……」

「年の差などから、財産目当てだの、あれこれと陰口《かげぐち》を叩く者もおりましたが、二人は相思相愛、似合いの夫婦であったと私は思っています」

「いずれにせよ、奥様の方が先に亡くなられた。高秀氏もショックだったでしょう」

「ええ。しばらくは仕事も手につかない様子でした。このまま再起不能なのではないかと、私どもも危惧《きぐ》しておりました。そんな高秀を救ったのが、あのランだったのですよ」

「と言いますと？」

「奥様は生前、ランの栽培が趣味でした。この家の中もランでいっぱいで。丹精こめたランを年に一度、社員にプレゼントされていましてね。営業成績が優秀だった者や功績が認められた者、勤続の記念や定年退職の際にも、必ず渡されていました」

「なるほど。奥さんの残したランを高秀氏は引き継いだと」

「ええ。それまで花になんか何の興味もなかった男が、一生懸命勉強しましてね。もともと凝《こ》り性《しょう》だし、器用な方《ほう》でもあったので、瞬く間に、家はランでいっぱいになりました」

「それが、このランか……」

生育者の思いを聞くと、同じ花でもより光り輝いて見えるから不思議だ。

「よく判りました。そういう理由であれば、ランの栽培はあなたがたにお任せした方が良いようだ。ただ、こちらにも手続きがありましてね。本日のところはお引き取り願えませんか。明後日までには、きちんと引き渡しますので」

「そうですか……」

中戸はなおも逡巡《しゅんじゅん》しているようであったが、粘《ねば》ったところで須藤たちが折れるわけもないことを察したのだろう。最後には頭を下げ、部屋を出ていった。

須藤は玄関まで中戸を見送った後、ランの部屋に戻る。

求めていた情報が、思いがけず手に入った。

薄はランの前で、丸くなって座っていた。

「薄、それで、おまえの見立てはどうなんだ?」

薄はすっくと立ち上がり、須藤を振り返った。

「これは事故じゃありません。殺人です」

四

通話口の石松は、さすがに呆れ果てているようだった。

「いや、今回は大丈夫だと思ったんだがなぁ。アロワナの件は大変だったから、なるべく楽な仕事をと……そうかぁ、お嬢ちゃん、そう言ってたか」

「詳細はまだ判らんのだがな。さっきから、コチョウランの間を忙《せわ》しげに走り回ってる」

「問題は所轄だな。事故死と断定したものを、殺人とひっくり返せば、おまえたちが恨みを買う」

「構わねえよ。買われて困るようなもの、別にない」

「そう卑屈になるなって。とにかく、こちらでできる限りの協力はする。存分にやってくれ」

「言われなくてもやるさ」

「まずは、おまえの運転手を使え。あいつの所属はあくまで捜査一課だ。所轄に対しては、印籠《いんろう》代わりになる」

「了解」

廊下での通話を終えると、須藤はランの部屋に戻る。薄は部屋奥にあるランに霧吹きでそっと水をかけていた。いつもの割烹着《かっぽうぎ》を着こみ、両手には薄手のビニール手袋、足元にはハサミ、温度計、ルーペなどが転がっている。

「ずいぶん物々しいじゃないか」

「いや、物じゃなくて花ですよ。ランはラン科の単子葉植物の……」

「そういう意味じゃないんだが、とりあえず、世話の方は一段落か？」

「応急処置も含めて終わりましたけど、楽になんかなりませんよ。一段去ってまた一段。三段、四段です」

「イチダンラクは楽じゃなくて落なんだが……まあいい。一つ、説明してくれないか。どうしておまえは、高秀氏の死が殺人だと推理した?」

「このファレノプシス……大変だから、この際、ランと言います。このランです」

薄は窓辺にずらりと並ぶコチョウランを示した。当然、須藤には意味が判らない。

「だから、そのランがどうしたのか、ききたいんだが」

「見て判りませんか?」

「判らん」

「ランには一万五千種あると言われていますが、ワカランなんて品種は聞いたことがないですね」

「いや、別にランのことを言っているわけじゃない」

「え? でも、ここのランについてききたいんですよね」

「そりゃそうだが……ああ、混乱してきた」

「ランには一万五千種あると言われていますが、コンランなんて品種は聞いたことがないですね」

「いい加減にしろ! なんでもかんでもランに結びつけるな」

「だって、須藤さんがランラン言うから、頭がこんがらがるんです」

「そんなこと知らん……あっ……」

「ランには一万五千種あると言われていますが……」

「あの、俺が悪かった。もうね、もう怒らないから、きっちりと説明してごらん……あっ」

「ランには一万五千種……」

「俺はね、ランについては何も判らないの。だから、なぜ薄がこのランを見ただけで殺人と推理したか判らないの。だから、教えてくれないかな」

「はじめからそう言えばいいんですよ」

「薄！　いい加減にしろ!!」

「まずはさっき、私が見ていた鉢です。このランは手入れも行き届いていて、何の問題もありません。ところがこっち」

左隣のものを指す。

「葉が黄色くなっていますよね。これは、肥料が足りないんです。あと、向こうの端《はし》にある鉢は、水が足りなくてかなり弱っています」

「ちょっと待て。だがここにあるランは、高秀氏が丹精こめて育てていたんだろう？

どうしてそんなばらつきが出るんだ?」

「そこなんです。おかしいなと思っていたんですけど、そっちに並んでいる鉢は……」

薄が指さしたのは、床の間の上に並ぶ数個の鉢植えである。

「そこにあるのは、寄せ植えされていたものを植え替えたようなんですよね」

「寄せ植え?」

「さっき言いましたよね、贈答用ランは、平均三株ほどが一つの鉢に植えられてるって」

「ああ。だから、見た目が豪華になるんだったな」

「寄せ植えされていると、そのまま育てるのはちょっと難しいんです。だから、一株ずつ植え替えるんです」

「口で言うのは簡単だが、コチョウランを植え替えるなんて、素人には無理じゃないか?」

「いえいえ。寄せ植えされているものの中には、透明ポットを使うものがあります。それだと、取りだして鉢を替えるだけです」

「透明……ポット?」

「プラスティック製のコップがありますよね。あれに似たものだと思って下さい。透明なので、根の張り具合などが観察できるんです。植え替えをして育て、根が飛びだすくらいに成長したら、今度はもっと大きなポットに入れてやり、周りをバーク、針葉樹の樹皮をチップにして脱脂、発酵させたものなんですけど、で固めればそれでおしまい。まあ、水苔《みずごけ》に比べて、水持ちなどが良くないですが、日々の手入れを欠かさなければ、問題はありません」

長々とした説明も、須藤には半分ほどしか理解できない。とは言え、今は質問している時間もない。悟られぬよう相槌《あいづち》を打ち、先に進めるよう促《うなが》す。

「さらに判らないのはあっちにある二鉢」

窓から少し離れたところにあるランだ。

「あの二つ、二番花を咲かせているんです」

「二番花？」

「ファレノ……いえ、コチョウランの開花期は大体、一月から三月までです。開花後は花茎を切り落とし、そこから生育期が始まるのですが、花茎の節目を残して切ると、そこからまた茎が伸び、もう一度花を咲かすことができるんです。それを二番花と言うんですよ」

「ほほう。一粒で二度おいしいってヤツだな」

「それ、聞いたことがあります。たしか、一粒で三百メートル走れるんでしたよね。だから、それが二度で六百メートル？」

「違う、それはキャラメルで……」

「でも人間の歩行速度は時速四から五キロと言われていますから、別に一粒食べなくたって大した違いは……」

「そんなことはどうでもいいんだよ。集中力のないヤツだな。なっとらん……あっ」

「ランには……」

「すまん、俺が悪かった。だから、二番花について説明してくれ」

「花が二度楽しめていいことのように思われますが、開花期を延ばす分、成長期は短くなり、開花にエネルギーを使うため、株自体も弱ります。楽しみ方は人それぞれですが、二番花を嫌う人もいます。そうして見てみると、高秀氏は二番花には興味がなかったようです」

「じゃあ、あの二鉢はなんなんだ？」

「そこがまた問題なんです。とにかくこの部屋にあるランはどれも微妙に違うんです。ランを心から愛した人が、丹精こめて育てたものには、見えないんです。まるで、ほかの人間に聞きこみをすれば、すぐにバレる。中戸だってそのくらい判っているはずだ。

先ほどの中戸が、この件について嘘《うそ》を述べているとは思えない。嘘をついたところ

須藤は仏壇にある若くして亡くなった高秀の妻の遺影を見る。

「いや……しかし……」

で、慌てて寄せ集めたみたい」

「それは……つまりどういうことになるんだ？」

「ここにあるランは、本当に高秀氏が育てたランでしょうか。いえ、それ以前に高秀氏は亡くなるときまで、ランを愛していたのでしょうか」

「少々、複雑すぎて、ついていけないな。整理しよう。ここのランが、高秀氏の育てたものではないとして、では、中戸が嘘をついていたと考えているのか？」

「いいえ。そんな嘘をついてもすぐバレます。高秀氏はたしかにランを愛していたと思います。少なくとも、ある時期までは。高秀氏は二週間ほど前に使用人を解雇したと、刑事さんが言ってましたね」

「ああ。それ以来、一人暮らしだった……おい、まさか」

「この二週間、ここに入った人はいるのでしょうか。高秀氏以外に」

「まずはそのへんからだな」

須藤は携帯をだし、石松にかけた。

「いくつか頼みがある。メモを取ってくれ」

五

榎加代子《えのきかよこ》は、涙で濡《ぬ》れたハンカチをくしゃくしゃに丸めると、鼻の頭にぐいと押しつけた。鼻水を拭い、「はぁぁ」と大きくため息をつく。

日当たりの良いリビングで、須藤はただじっと彼女の気が落ち着くのを待っている。斜め前で身分証を持ったまま立つ芦部は困り果て、肩を落としていた。

「あの、榎さん、お気持ちは判りますが、まずはこちらの質問に……」

「旦那《だんな》様はそりゃあ、いい人でしたよ。私なんて、お屋敷に……何年だったかしら。ひぃ、ふぅ、みぃ、十三年、お世話になったんですから」

「えっとそれで、僕たちがききたいのは……」

「旦那様、足腰もしっかりしていらしたのよ。そんな、階段から落ちて亡くなるだなんて……あぁぁぁぁ」

ハンカチが目と鼻を往復する。

須藤は芦部と顔を見合わせ、長丁場になりそうだと覚悟を決める。

榎加代子は、高秀殿和に長年仕えた使用人の一人である。使用人は五人ほどいたが、二週間前の解雇後、皆、バラバラとなり、すでに東京を離れた者もいた。幸い、加代子が都内のマンションに住んでいるとの情報を石松から得て、さっそく、やってきたという次第だ。芦部の身分証に物を言わせ部屋に上がりこんだのはいいが、高秀の名をだした途端、終わりの見えない愁嘆場が始まってしまった。

要領を得ない彼女にはほとほとうんざりさせられるが、それはつまり、高秀が本当に良い主人であったことの証《あかし》でもある。須藤は無理に事を進めず、加代子の気が静まるのを待つつもりだった。

「あのー、これ……」

薄が須藤の背後から声をかけてきた。振り向くと、彼女はランの鉢を抱《かか》えている。どうやらダイニングテーブルの上にあったものを、持ってきたようだ。

「こら、薄、勝手に持ってくるヤツがあるか」

「でもこのラン、ちょっと元気がないんです」

榎は今にも溶けてなくなりそうな表情で、薄に言う。

「そうなの。旦那様にいただいた大切なランなのよ。この上、それが枯れてしまったら、私、どうすればいいか」

薄はにっこり微笑む。

「大丈夫ですよ。ちょっと温度が低かったんだと思います。ダイニングは夜間、暖房を切っていますよね」

「ええ」

「夜間の温度が七度を切ると、コチョウランは調子を崩すと言われています。放置すると最悪根腐れが起きて、取り返しのつかないことに……」

榎は酸欠になったコイのごとく、口をパクパクさせ身を捩《よじ》った。

「大丈夫、まだそこまでいってませんから。最高温度と最低温度が測れる温度計を買って、鉢の傍に置いておくといいですよ。あと、夜間も暖房器具を使って温めてあげて下さい。もし良ければ、時々、様子を見にきますよ」

榎は祈るようなポーズで、薄に頭を下げる。

「お願い、お願いするわ。そのランは何より大切なものなの」

いつの間にか、加代子の感情爆発は去っていた。

「あの……申し訳ありません、旦那様のことは、考えるだけでも辛《つら》くて……」

「いえ」

沈痛な面持ちを作りながら、須藤は芦部に代わって質問を始めた。

「さきも説明しましたが、我々は高秀氏が育てていたランを守るために動いています。この薄に任せておけば、間違いありません」

榎は無言で深々とうなずく。

「ただ、お世話をするためには、高秀氏がどのようにランを育てておられたか、詳しく知る必要があるのです」

「旦那様は、それはもう、丹精こめて育てておられました。あの、亡くなられた奥様のことは……」

「聞いています」

「仲の良いご夫婦でしたよ。傍目《はため》にも微笑ましいくらい。あんなふうに歳を取りたいものだと思いましたよ。世間ではあれこれ、言っていたみたいですけどね」

榎は憤懣《ふんまん》やる方なしといった風情で、きっと目を吊り上げた。本来の調子が戻ってきたようだ。

「高秀氏がランを育てるようになったのは、その奥様の死がきっかけになったと聞きました」

「ええ、その通りです。奥様は趣味でランの栽培をされてましてね。と言っても、高価なものを買ったりするわけじゃなく、いただきもののコチョウランを植え替えて、育てておられる程度でした。それが増えて、いつの間にか部屋いっぱいに。旦那様も苦笑されていましたわ」

「そうやって育てたランを社員にあげていたとか」

「皆さんも喜んでいらしたと思いますよ。決して、社交辞令なんかじゃなくね」

口が軽くなったところで、須藤は本題に切りこんでみた。

「二週間前、突然、あなたがたは解雇されました。それについては？」

加代子は悲しげに首を振った。

「それが全然……。ほかのみんなと、何度も話し合ったんですけどねぇ。誰にも思い当たることがなくて。本当に、それくらい、突然だったんですよ」

「その前後、高秀氏の身の回りで、何か気になることは起きませんでしたか？　どんな些細《ささい》なことでもいいんです」

答えは思いの外、早かった。

「気になるってことでもないけれど、旦那様のお抱《かか》えだった運転手さんが亡くなられましたよ。病気で」

「ほう」

「本田寿春《ほんだすばる》さんっていうんです。何だか冗談みたいな名前ですけど、本名なんですよ。そんな人が運転手っていうんだから」

加代子はアハハと明るく声を上げて笑い、すぐに恥じたようにうつむいてしまった。元来は、こうした明るい女性なのだろう。

「あの、すみません、つい……」

「いえいえ、構いませんよ。それで、その運転手さんについてなんですが……」

「えっと本田さんね。旦那様の運転手をね、二十年以上、務めてたんじゃないかしら。七十過ぎでもシャンとしてて、目も良くてね、両目とも二・〇だって自慢してたわ。そんな人が、半年ほど入院してころっと逝ってしまうんだもの、判らないものよ」

「高秀氏もさぞショックだったでしょうね」

「当然よ。お葬式のとき、本田さんの息子さんが、旦那様のところにコチョウランの鉢を持ってきたの。それ、旦那様があげたものだったの。本田さん、自宅で世話をして、ずっと花を咲かせていたんですって」

加代子はまた涙ぐみ始める。

「本田さん、今際《いまわ》の際に言い残したそうよ。ランを社長に差し上げてくれって。だから旦那様、そのランだけはご自分の寝室に置いてらしたわ。ほかのランとは別にしてね」

須藤ははっと顔を上げる。

「寝室に？　そのランだけは寝室に置いていたんですか？」

「え、ええ」

須藤たちは二階には上がっておらず、寝室も見ていない。

須藤は立ち上がる。

「どうも、ありがとうございました」

加代子はただ呆然《ぼうぜん》として、須藤たちを見上げるだけだ。

「あのぅ、これだけでよろしいの？」

「はい、助かりました」

「でも一つだけ判らないことがあるの。ランの世話をするのに、どうして本田さんのことなんかをきく必要があるの？」

「ランは実にデリケートな植物ですから。情報は多ければ多い方がいいんですよ」

「そんなものかしら？」

須藤はダイニングテーブルでランと向き合っている薄に声をかけた。

「そっちのランは大丈夫か？」

「はい。応急処置ですが終わりました。細菌や虫の心配はないようですから、しばらくはこのままで大丈夫です」

「まああ、ありがとう」

加代子はテーブルのランに駆け寄り、愛おしそうに見つめている。

今のところ、高秀を悪く言う者はいない。それほどの人物が、屋敷の中で一人、無《む》残《ざん》な死を遂げた。

状況は明らかに事故死だが、調べれば調べるほど、何か引っかかる。

薄に言うとまた笑われそうだが、これが刑事の勘というヤツだ。

「薄、芦部、屋敷に戻る」

六

突然戻ってきた三人に、久留はあからさまに顔をしかめる。

「またですか。先ほど、捜査一課の警部補から連絡がありました。あなたたちの邪魔をするなって。いったい何様のつもりかしら」

「俺たちは、動植物管理係様さ。そう、喧嘩《けんか》腰《ごし》になることはないだろう」

須藤は久留の前に立ち、にらみつける。

「この屋敷には、まだ俺たちの確認していないランがあるだろう。そいつを見に戻ってきたのさ」

「それって、二階の寝室のですか？」

「そうだ。あんたらが報告を怠るから、二度手間になったんだよ」

「たかが花のことなんかで、ゴチャゴチャ言われたくないですね。こっちだって忙しいんです！」

薄が憤然と言い返した。

「今は相撲《すもう》のことなんて関係ないと思います！」

ポカンとする久留に代わり、須藤が答える。

「薄、それは貴花田《たかはなだ》だ」

「貴乃花《たかのはな》？」

「たかが花」

「あれ？」

薄に気を取られている刑事たちを押しのけ、須藤は廊下を進む。

「とにかく、見せてもらうぞ」

死の現場となった細く急な階段を登り、二階に上がる。

二階はさほど広くはなく、寝室として使っていた十畳ほどの部屋と手洗い、高秀の書斎があるだけだった。襖はすべて開け放たれているので、階段を登りきったところから、寝室と書斎両方をのぞくことができる。

書斎は書庫と言っても良いほどで、三方の壁に誂《あつら》えられた本棚に、びっしりと本が詰まっていた。ほとんどが経営関係のものであったが、やはり園芸に関する本も充実していた。読書用の小さなテーブルの上に載っているのは、薄が再三話題にしていた、カレル・チャペックの『園芸家12ヵ月』である。

須藤は薄とともに寝室に入った。キングサイズのベッドが、でんと据えられており、横にはナイトテーブルが一つ。床は畳の上に、絨毯《じゅうたん》が敷かれている。

「須藤さん、あれ」

薄が指さした先には、窓際に咲くコチョウランがあった。

一本足の丸テーブルがあり、その上にランの鉢が載っている。鉢は薄茶色の陶器製、四号鉢だった。窓にはレースのカーテンが引かれ、そこを通した穏やかな日の光が、ランを照らしだしている。

薄は大きなベッドの縁を回り、ランの傍に立った。花、葉の状態を丹念に観察していく。

「状態は、どうだ？」

薄は満足そうに微笑む。

「よく手入れされています。高秀氏が亡くなってから数日放置されているので、その影響が出ていますが、ほぼ完璧。高秀氏は本当にランを愛していたんですねぇ」

「しかし、そうなると、一階のランとの落差が余計に気になるな」

「あれ？」

指と葉を動かしながら、花の根本を見ていた薄が声を上げた。

「どうした？」

「鉢の中に何か入ってますよ」

須藤もベッドを回り、薄の後ろに立つ。大きく肉厚な葉が邪魔をして、そのままだと花の根本は見えない。

「何かって何だ？」

薄は花を鉢ごと持ち上げると、ナイトテーブルに置いた。ポケットからビニールパックされた薄手の手袋をだし、はめる。

「えらく慎重なんだな」

「この季節ですから、病原菌の心配はほぼないんですけど、一応、念のため」

須藤は久留が言っていたことを思いだす。

「そう言えば、高秀氏は亡くなったとき、手袋をしていたんだよな。おまえがしているような薄手のヤツ」

「ええ」

薄はいつになく真剣な表情で鉢を目の高さまで上げ、茎の根本をのぞく。その後、鉢をもう一度テーブルに置くと、鉢の縁を丹念に見ていく。

「うーん、おかしいなぁ」

「どうした？」

「この鉢、ちょっと大きいんですよねぇ。この大きさだと、三・五号鉢の方がいいような……」

鉢を持ち、軽くゆすり始める。

「おい、そんなことをしたら、土……バークだったか？　がこぼれるだろう」

ベッドは生前のままにしてあるようで、高価そうなカバーがかかっている。汚しでもしたら、大変だ。

「大丈夫です。これはバークではなく水苔に植わってますから」

「水苔？」

「水苔を乾燥させたものです。このランは土からはえているのではなく、木の幹や皮に着生するんです。だから、根が常に空気と触れているので、培養土などに植えると、根腐れを起こしてしまうんです」

鉢の中をのぞきこんでみると、先ほどの茶色いバークではなく、黄白色のチリチリと細かくまとまった海藻のようなものが、鉢内に敷き詰められていた。

薄は鉢の周囲にそっと指を入れながら、ランを根っこごと取りだそうとしている。

「大丈夫なのか？　そんなことして」

「あまり良いことではないのですが、ここに異物があることの方が問題です。何とか取りだしたいんですけど……」

鉢からゆっくりと根の部分が持ち上がる。水苔にはもやしを太くしたような乳白色の根っこがからみついている。丸く固まった水苔の外周部に、ビニール袋にくるまれた薄い紙のようなものが入っていた。写真のようだ。

「これは……」

薄はビニールを外そうとするが、すでに根がからみついていて取ることができない。

「参ったなぁ……。これちょっと時間がかかりますよぉ」

「中身は写真のようだ。何とか、見られないか?」

可憐《かれん》なコチョウランのものとは思えぬほど、根は太くて力強い。水苔にからみ、ビニール袋そのものも、まるで内部に取りこもうとでもするかのように、がっしりと抱えていた。それでも、薄がそっと端をめくることで、写真の表面が顕《あらわ》になってきた。

雨模様の都会だった。写真の中心にいるのは、傘をさした女性と男性。男性の顔は女性の持つ傘に隠れて見ることができない。一方、傾けた傘の間から女性の顔はしっかりと見ることができた。高秀結月だった。

傘をさす仕草《しぐさ》、男性との距離。二人の仲は明らかだった。

「薄……こいつは大事《おおごと》だぞ」

「ええ。本当に」

「慎重にやらないと大変なことになる」

「そうですねぇ」

「まずは、どこから始めようか」

「切っても大丈夫なところから、少しずつ根を切ります」

「根っこのことじゃねえよ！　この写真のこと！」

「だから、根っこを傷めずに、この邪魔な写真を取るのが大変なんです。もう、何でこんな面倒なことしたんだろう」

須藤は肩を落とす。

「根っこはあとでいいんだよ。今は……」

そこでハッとする。

薄の言うことは正しい。写真はなぜ鉢の中にあったのか。根のからみ具合から見て、昨日今日、入れられたものではない。

となると、高秀の元に来たとき、写真はすでに鉢の中にあったと考えるべきだろう。

つまり……。

本田寿春か。この鉢は、死んだ本田の遺言で高秀の元へ来た。写真を仕込んだのは、本田自身と考えるべきだろう。

では、いったい何のためにそんなことを？

もしかすると、この写真こそが本当の遺言か？

運転手という仕事柄《がら》、いろいろなことを見聞きする機会があっただろう。日々の仕事の過程で、結月の浮気を知ったとしても不思議はない。

長年、忠実な運転手を務めてきた本田は、結月の不貞を見過ごすことができなかった。そこで、自身が死んだ後、高秀に伝わるよう、鉢の中に写真を隠した——と考えることはできる。

本田の持っていたランであれば、高秀はほかのラン以上に大事にするだろうと踏んでのことだ。実際、高秀は寝室にランを置き、自ら世話をした。

そしてついに、写真を見つける——。

「なあ薄、一階にあるランは寄せ集めみたいだと言っていたな」

「はい。世話の仕方や生育状態がまちまちで、育てた人の顔が見えてこないんです」

「薄、高秀氏の死が殺人だって言うおまえの推理、ちょっと判りかけてきたよ。おまえ、一階のランは高秀氏が育てたものじゃないと考えているんだろう」

「はい、その通りです」

「高秀氏はとっくにランの栽培を止めていた」

「ええ。こっそりと内緒で、育てていたランを処分してしまったんだと思います。お手伝いさんたちを解雇したのは、そのことを知られないようにするためではないかと。ですが、その理由がよく判らなかったんです」

「それがこれだよ」

須藤は根のからみついた写真を示す。

「結月の不貞を高秀氏は知ってしまった。彼がラン栽培に目覚めたのは、亡くなった妻の影響だった。妻が愛していたランを引き継ぐため、懸命に世話をしていたんだ」

「その人に裏切られたのだとしたら、ランへの愛情も冷めますね」

「そうだ。だから、ランの栽培は止めた。知られないようにするため、使用人も解雇した。高秀氏のプライドだったんだろうな。ランの栽培を止めれば理由を探られる。いずれ、妻の不貞が明らかとなる」

薄は手入れを終えた鉢をそっと窓際のテーブルに戻すと、須藤に向き直った。

「でも、疑問が一つあります。栽培を止めたランはどうしたんでしょう」

「捨てたんだろう」

「でも、すごい量ですよ。ゴミにだしたら、絶対に目立ちます。それに、鉢はもっとかさばりますよ。使用人もいないわけですし、高秀氏が一人で全部やったと考えるのは……」

「便利屋か何かに頼んだのかもしれん」

「使用人にすら知られたくないのに、便利屋を雇います？」

「うーん、そうか……」

「須藤さん、それよりも一階にあるランについて、考えましょうよ」

「それについては、おまえの意見をまず聞きたいな」

「あのランは、何者かが急遽《きゅうきょ》、あちこちからかき集め、部屋に並べたんだと思います」

「なるほど。それなら、鉢ごとに生育状態が違う説明にはなるな。しかし、いったい誰が何のためにそんなことを？」

「高秀氏がランの栽培を止めたと判っては、困る人物です」

「そんな人物がいるのか？」

「いますよぅ。だって高秀氏はランの世話をするため、早朝階段を下りていて転落死したとされているんでしょう？」

「手袋をしていたからな。だがもし、ランがなかったとしたら……」

「高秀氏が早起きをする理由がなくなります。ランのために手袋をする必要もありません」

「すべてが犯人の偽装だと？」

「はい。犯人は高秀氏を階段から突き落とし、死後、手袋をはめたんです。そして、集めたランを部屋に並べたんです」

「ランがなければ、偽装が成立しないからな。手間をかけたもんだ」

「不可能ではないと思いますよ。コチョウランは通年で流通していますし、贈答用として珍重されていますから、大量注文に対応できるお店も多いと思います。鉢の運搬に手間はかかりますが、不可能ではありません」

「まさか、俺たちみたいなのが来て、ランを調べるとは思ってもいなかったんだろうな。薄、おまえはランを見ただけで、そこまで推理してたってわけか」

「はい。でも、動機が判らなかったんです。このランを見るまでは」

「そこまでして高秀氏を葬りたかった人物とは……」

「その写真に写っていた人でしょうねぇ」

「社長夫人と不倫していた男か……。忠義の運転手によって、そのことがバレた。もしそれが、高秀印刷の社員であったなら」

「無事ではすみませんよねぇ。ワニの池に放りこまれますよ」

「まあ、気持ち的にはそんな感じだろうな」

「それより豚の餌《えさ》かな。アメリカでは今でもけっこうあるそうですよ、豚に食べられちゃう人」

「そんな死に方はごめんだな」

「やっぱり須藤さんはあれですか？　鳥が好きだから、死ぬならササミの上ですか？」

「タタミな」

「サラミ？　ならやっぱり豚です」

「タタミ！　い草！　植物！　そんなことどうでもいいんだよ。薄、この写真を早く取りだして解析だ」

「そんなこと言われても、急いだら根を傷めてしまいますよぉ」

「そこを何とか頼む。殺人の可能性があるわけだから」

「うーん、まあ、がんばってみます」

「とりあえず、写真を……」

確認できる部分を、携帯で写す。

「いずれにしても、顔は写っていないがな」

「着ているのはスーツだし、あんまり特徴ないですからねぇ……あれ、この人、上着の襟のところに、何かつけてます。ランの花みたいな形をしています」

「ラン？」

須藤は自分で撮った画像に目を近づける。

「なるほど。こいつは社章だ」

「珍しいですね。近ごろは電車もバスもワンマンです。それに、スーツの襟に車掌がいるなんて重くないんですか？」

「車掌じゃない。社章。働いている会社を示すバッジみたいなものだ。ほら、中戸氏の襟にもついていただろう」

「ええ？　そうでしたっけ？」

ずば抜けた観察眼があるかと思えば、すっぽりと抜けたところもある。薄という人間が、須藤にはいまだ摑《つか》みきれない。

「中戸氏によれば、この社章は役員しかつけていないとのことだったが……」

「そこからしぼりこむことはできますよね」

「そのへんは、石松に頼るしかないな。あとはこの屋敷周辺の聞きこみだ。あれだけのランを運びこんだんだ。目撃者の一人くらいいるだろう」

「コチョウランを買ったお店も調べてみて下さい」

「無論だ。この不倫野郎の正体を暴《あば》いて、罪を償わせてやる」

「風鈴は季節はずれですよ」

「不倫だ！」

須藤の怒鳴《どな》り声に、久留が驚いて階段を駆け上がってきた。

「な、何事です!?」

「うるせえ！　こっちのことだ」

犯人に対する苛立《いらだ》ちだけが、重なっていく。

七

必要な情報が集まってきたのは、高秀邸を訪れた二日後だった。

奥の部屋にあったランはすべて証拠品として警察の管理下に置かれることとなり、薄がつきっきりで世話をしていた。

「どの花も元気になってきましたよ！」

と薄ははしゃいでいるが、須藤にはどこがどう元気になったのか、正直、判らない。動物と違い、花は咲いているか、枯れているかの区別くらいしかつかないのだ。

それでも、部屋いっぱいのコチョウランは艶《あで》やかであり、見ているだけで華やかな気分になってくる。

「何とか犯人をとっ捕まえて、晴れ晴れとした気分で花を見たいもんだ」

須藤のつぶやきに、薄が首を傾げる。

「犯人の逮捕は、関係ありませんよ。綺麗な花はいつ何時でも綺麗です」

「いや、俺が言ってるのは、気分の問題さ」

「それは人間側の問題で、植物にとってはどうでもいいことです」

「そ、そりゃあ、そうだけど」

やり取りを聞いていた芦部が苦笑する。

「相変わらずだなぁ、薄さんは」

午前八時。石松たちが集めた情報を芦部から聞くため、高秀邸のラン部屋に集まっているのである。

須藤がもたらした情報を基に、石松は迅速に動いてくれた。だが、それはあくまで石松個人の裁量であり、一課が組織的に捜査を開始したわけではない。表向き、高秀の死は事故死のままだった。

「順番は任せる。判ったことを報告してくれ」

芦部はメモを見ることもなく、語りだした。

「一課長はじめ、部署の皆は高秀氏の事案には興味を持っています。ただ、世間の注目もそれなりにあり、うかつには見解を覆《くつがえ》せないとのことで……」

「ふん。一課ってのは、そういうところだよ。俺たちに探るだけ探らせて、ビンゴなら手柄は横取り、外れていたら責任は全部俺たち。そういう寸法なんだろ？」

芦部は何とも居心地悪げに、視線を下げる。

「すみません」

「いや、俺の方も悪かった。おまえに当たっても仕方がなかったな。続けてくれ」

「コチョウランの入手経路ですが、ネットで注文し、店頭受け取りにしていた可能性が高いです。今のところ、絞りきれていません」

「これだけ大量のランだ。簡単に調べがつきそうじゃないか」

薄が言った。

「一度に頼まなくても、何回かに分けて、お店も分けて頼めば、あまり目立つこともないと思います」

「そんなものかな」

「前も言いましたが、贈答用の花は多くが三本立て、最近では豪華仕様として八本立てなんていうのもあります。それを一つずつ植え替えしているので、実際のところ、それほどの注文にはなっていないかもしれません。もちろん、ものすごくお金はかかったでしょうけど」

簡単に片がつくと思っていた案件ほど、手こずることが多い。今回はその典型だ。

須藤は嫌な予感を覚えていた。

「目撃者の方はどうだ？」

「こちらもまだ、成果は出ていません。と言うか、人手が足りないんです。石松警部補の方から所轄に働きかけてはもらったんですが……」

「ふん。そんなあやふやな件で動く刑事がいるものか」

「おっしゃる通りです。あの……実のところ聞きこみに当たる人間は、僕一人でして……。昨日一日、このあたりを回ってはみたんですけど……」

「やはり、そうなったか」

「……って、須藤警部補、最初から判ってたんですか？　勘弁して下さいよ。昨日、ずっとこのあたりの家、一軒、一軒、訪ね歩いて。もう足パンパンですよ」

「刑事が聞きこみで愚痴《ぐち》言ってどうするんだ。バカ」

「バカは酷《ひど》いですよ」

「まあいい。もともと期待はしていなかったから」

「それも酷いなぁ」

「最後に、社章の件だ。役員名簿は手に入れたんだよな」

「ええ。石松警部補が何とか」

「で、目ぼしいヤツはいたか？」

「社章を持っている役員の中で、年齢、身長などから、該当者が一人、浮かびました」

「一人！　すごいじゃないか。今日初めての朗報だ」

「ただ、事はそう簡単に進まないと思いますよ。取り調べたところで絶対に否定するでしょうし、もう一方の当事者、高秀結月さんはすでに亡くなっています。密会に使っていた場所を突き止めて、目撃証言を取ろうにも、時間が経《た》ちすぎていますよ。防犯カメラの映像なんてとっくになくなっていますし、目撃者も探しようがありません」

「おまえ、それでも刑事か。否定的な意見ばかり並べやがって」

「じゃあ、須藤さんには何か手があるんですか」

「ない」

「酷いなぁ」

「芦部さん」

薄が割りこんできた。

「その人、ランの栽培には詳しいですか？」

「ラン？」

ここで初めて、芦部は携帯をだし、何やらいじりはじめた。事件に関する情報は、すべて携帯に入っているらしい。

「ええっと、ランには詳しいみたいですよ。自宅でも育てているとか」

須藤は腕を組む。

「ランを愛した容疑者……か」

薄、芦部が、じっと須藤を見つめている。

「よし、とりあえず、そいつに会ってみよう。すべてはそこからだ」

状況はこちらに不利だったが、やりようがないわけではない。一度は上手くいったと思っていた殺人計画が暴露され、相手の動揺は相当なものであろう。そこを上手く突いていけば、ボロをだす可能性は高い。

「芦部、そいつには会えるのか？」

「はい。社の方に待機するよう、言ってあります」

「上出来だ。行くぞ」

廊下に向かいかけた須藤は、ふと仏壇の遺影と目があった。

明るく笑う高秀結月がそこにいる。あれはいつ撮ったものなのだろうか。その時点で、すでに彼女は夫を裏切っていたのだろうか。

人は時として、信じられないことをする。外見などまったく当てにはならない。

須藤には、判りすぎるくらい判っていた。

にもかかわらず、須藤の迷いは消えなかった。

高秀結月。あんたは本当に、そんなことをしていたのか？　それは刑事の勘とすら言えない。説明不能な不思議な感覚だった。

八

木栖幸二郎《きすみこうじろう》常務は五十二歳にしてはずいぶんと若く見えた。髪は黒々としていて、肌に張りもある。鼻筋が通り、大きく黒い瞳《ひとみ》は力強い輝きを放っている。体格もよく仕事もできる。これだけ揃うと、もはや嫉妬心《しっとしん》すらわかない。

輝かしい道を歩いてきたのだろう、体中に自信が満ち溢れている。須藤たちを前にしても、背筋を伸ばし、堂々と目をあわせてきた。

「警察の方が何用でしょうか」

池袋の高層ビルにある、高秀印刷のオフィスである。天井が高く、大きな窓からは池袋界隈《かいわい》の街が見下ろせた。須藤と薄が通されたのは、そんなオフィスの一角、間仕切りで仕切られただけの、応接室だった。

「驚かれるかもしれませんが、社内の調度などに金をかけるのは、バカバカしいというのが、社長……いえ、元社長の意思でしてね」

木栖は芝居がかった仕草で、鼻先を押さえる。わざとらしいそんな動きも、木栖がやると不思議と様になる。

木栖はきかれてもいないのに、続けた。

「当初はもっと場末の雑居ビルでと考えていたのですが、それではさすがに優秀な人材は集まりません。そんなこんなで、ここに決めたのですが、いや、予想以上の好業績でして、今はフロアの半分を借りているのですが、近々、全フロアを借り切って、社員も倍に増やそうかと思っていたところなのですよ。そんなときに、社長……」

また鼻先を押さえる。

気に入らない野郎だ。個人的感情も手伝って、木栖の印象はすこぶる悪い。須藤は鼻先をいじる木栖の指に注目した。

結婚指輪をしていない。事前のデータによると、彼は現在独身、離婚歴は二回であると言う。原因はともに、木栖の浮気だ。

これだけのクオリティだ。もてることはもてるだろう。そして、当人もそのことを判っている。

今のところ、二度の離婚以外に女性関係での揉め事はない。あくまで表向きは。

高秀結月の控えめながら、温かく明るい笑顔が脳裏に浮かぶ。

須藤は写真を取りだし、テーブルに置いた。ランの鉢から見つかった写真を取りだしてスキャンした後、あらためてプリントアウトしたものだ。

画像は粗《あら》く、輪郭《りんかく》もぼやけてはいるが、結月が男性と親しげに歩いていることはよく判る。

その写真を突きつけられた瞬間の表情に、須藤は全神経を集中した。

木栖は眉間に皺を寄せつつ、画像がプリントされた紙を手に取った。

「画像が粗いが、これは、もしかして奥様か？　いやしかし……これは、いったい何の写真なんです？」

須藤は心の内で唸《うな》る。写真から目をそらすわけでなく、逆に手に取って顔に近づける。もしこいつが真犯人だったとすれば、かなりの難敵となりそうだ。

木栖は紙をテーブルに戻すと、挑むような目つきで須藤に言った。

「説明していただきたい。これはいったい何なのですか？」

「我々は高秀社長の死を再捜査している」

「え？」

「ただの事故死ではない可能性が出てきましてね」

木栖の顔色が変わる。

「そ、それは、つまり……殺人ということですか？」

「まだそこまでは何とも」

「いや……でもそんな……」

木栖の視線が、テーブル上にある紙に注がれた。明晰《めいせき》な男だ。どうやらすべてを察したようだった。

「この男、奥様の横にいる男が、僕だと言うんですか？」

「鋭いですな。言いたいことがあれば、お聞きしますよ」

「冗談じゃない。会社が大変なときに、妙な醜聞をたてられたくないものだ」

「醜聞と言いますと？」

「とぼけなくてもいい。この写真だ。これは、奥様が何者かと不倫関係にあった証拠だろう。どこから出たものかは判らないが、私には寝耳に水だ」

薄の肩がぴくんと動いた。

「それはびっくりしますよねぇ。寝てたら、耳にミミズが入ってきたなんて、もう考えただけでも……」

「薄、寝耳に水な。ミミズじゃなく」

「ああ、ネズミにミミズですか。うーん、ネズミは雑食性ですから、食べなくはないと思いますが、今、都会のネズミは食料にさほど不自由していません。どちらかと言うと、ミミズの方が見つけにくいんじゃないかと」

「薄、いいか、動物は一匹も出てきていないの。寝ている人の耳に水をぶっかけただけ」

「そりゃまたびっくりです」

「そう、びっくりしたってことを、木栖さんはおっしゃりたいわけだ」

「なーんだ。それなら、最初からびっくりしたって言えばいいのに。ミミズだのネズミだの」

「うるさいよ、ええっと、木栖さん、失礼しました。今のやり取りは忘れて下さい」

呆気《あっけ》に取《と》られている木栖に、須藤は言った。

「ええっと、ようするに、高秀結月さんの不倫については、まったく知らなかったと」

「ええ。当然です。お二人は、本当に仲の良いご夫婦でした。そんな不倫だなんて」

「しかし、年の差はかなりあったでしょう」

「下衆《げす》なことを言いますな。お二人のことを知りもしないくせに」

須藤を睨む険しい目。木栖の怒りは、本物のように見える。

「どうか、お怒りにならんで下さい。こうした下衆なことをしでかす当人は、よく、そう言うんですよ」

須藤の挑発に乗り、立ち上がりかけた木栖だったが、寸前で踏みとどまった。意思の力は相当なものだ。

「私を怒らせてボロをださせようとしても、そうはいきませんよ。つまりあなたがたは、この件が高秀社長殺害の動機になったとお考えですか?」

「あなたもおっしゃったように、お二人の仲は良かった。高秀氏は結月さんを愛しておられたのでしょう。だからこそ、亡くなった後も、ランの栽培を続けておられた。だがもし、結月さんが高秀氏を裏切っていたとしたら。そして、その相手が、事もあろうに自社の役員であったとしたら。高秀氏の怒りは察して余りある。一方、不倫相手にとってはどうでしょう。社長の怒りを買ってしまっては、もう社内で生きていく術《すべ》はない。輝かしい未来もおしまいだ。例えば、次期社長の椅子《いす》とかね」

そこに至っても、木栖の表情から余裕は消えなかった。

「たしかに筋は通りますがね。では逆にききますが、私が奥様の不倫相手だったという証拠はあるのですか？」

テーブル上の写真を指さす。

「その写真ですが、男性の顔は写っていない。まあ、上着の社章を頼りに私へと行き着いたのでしょうが、そんなもの、状況証拠にすらならない。まして、私が社長の報復を恐れ、逆に殺したなど。これは、立派な名誉毀損《きそん》です」

予想通りの展開だった。予想し得る中で最悪の。

引き時かと足に力をこめたとき、薄が尋ねた。

「木栖さんは、ランを育てておられますね？」

ふいの質問に、木栖は身を硬くした。

「え……いや……」

「その指先の傷。ハサミか何かを消毒しようとした、火傷《やけど》ですよね。うっかりすると、時々、やっちゃうんですよねぇ」

木栖は自身の人差し指を見つめる。右手の第二関節に火傷の痕跡《こんせき》がまだ生々しくついている。

須藤は薄に尋ねた。

「どうして、ハサミで火傷なんだ？　切り傷なら判るが」

「例えば、傷んだ葉を切ったりするとき、細菌感染を防ぐため、使うハサミを火で消毒するんですよ。慣れていないと、時々、火傷をするんです」

ランの話題に流れたためか、木栖は硬い表情をやや崩した。

「実はまだ初心者なのでね。慣れないことばかりだ」

薄は目を輝かせる。

「何を育てているんですか？　やっぱりファレノプシスですか？」

「いやいや、初めてなのでシンビジウムから。暑さ、寒さに強いのでね」

「それはやはり高秀氏の影響ですか？」

「それもある。何度もコチョウランをいただいたからね。ただ、これと言った理由はないんだ。何となく……かな」

「今は開花期ですから、見事でしょうね」

「ああ。黄色い花が見事に咲き誇っている。この火傷は害虫を防ぐために株元を……」

「あの、木栖さん」

須藤は二人の会話に割りこんだ。

「ラン自慢もけっこうだが、今は事件の話を」

「ああ、これは失礼」

自身が追い詰められていると知りながら、この余裕か。須藤の闘志はかき立てられる。

「ランにそれだけ詳しいということは、コチョウランの入手経路にも通じているということですな」

「入手経路？　それはどういう意味です？　まあ、たしかに、馴染《なじ》みの花屋もいくつかあるし、コチョウランなら贈答用として会社から注文をだすこともありますが」

「もう一点、高秀氏宅のセキュリティについてなんですがね」

「見かけは古びた日本家屋ですが、警備会社に依頼して、しっかりとしたシステムを構築していました。社長が嫌ったので防犯カメラこそありませんが、表門はオートロック、玄関も電子錠になっていて、ピッキングなどによる侵入は、まず不可能だったでしょう」

「ですが、役員には解錠用のカードキーが配られていたとか」

「ええ。社長は朝の時間を邪魔されることを、何より嫌っておられました。ただ、急の案件が発生した場合は、どうしても対処しなければなりません。そこで、社長の決裁が必要となる場合、役員がお屋敷にお邪魔し、控室《ひかえしつ》で社長が来られるのを待つ仕組みになっていました。社長は携帯やＰＣをお使いにならなかったので、仕方なくそうしていたのです」

「いずれにせよ、あなたは屋敷に入ることができたわけだ」

「できたかできなかったかと言われれば、できたと答えるよりありませんな」

木栖は不敵な笑みを浮かべる。

「ただし、私は社長が亡くなられた前後、お屋敷に出入りしたことはありませんが」

「では、高秀氏が亡くなられたとき、どこで何をされていました？」

「社長が亡くなったのは、早朝だったと聞いています。ご承知かと思いますが、私は独り身《ひとりみ》でしてね。その時間は自宅で寝ておりましたよ。つまり、アリバイというのですか？　それはありません。ただし、そんな時間にアリバイがあれば、かえって疑わしいというものではないですか？」

警察を舐《な》めやがって。須藤の内心は荒波が猛《たけ》り狂《くる》っていたが、それを表にだすようなことはしない。

「アリバイはなしと。そういうことですな」

木栖はまた、芝居がかった仕草で両手を広げてみせた。

「さて、この後、会議がありますので、この辺で失礼しますよ」

須藤の返事も待たず、立ち上がる。

「今後、何かありましたら、弁護士を通していただきたい。あ、それから」

薄に目を移す。

「今度、花のことについてご相談させていただきたい」

薄はニコリと笑ってうなずく。

「はい、いつでも」

木栖は涼しい笑顔とともに、出ていった。

須藤は肩の力を抜き、ソファに身を埋《うず》めた。

「やれやれ。思っていた以上の難敵だな」

九

通りに出た先のファミリーレストランで、須藤は薄、芦部と向き合って座っていた。制服制帽姿の薄に店中の視線が集まったが、毎度のごとく、コスプレだと勝手に解釈してくれたようだった。当の薄は上機嫌でドリンクバーのオレンジジュースをガブガブ飲んでいるし、横に座った芦部は悲嘆に暮れた顔で、パフェをガツガツとかきこんでいる。

「まったく、石松警部補にはスルーされるし、所轄の刑事からは罵倒《ばとう》されるし、僕っていったい、何なんですかね」

芦部が嘆くのも無理はない。総務課であるいきもの係に捜査権はなく、高秀邸の検分や木栖からの聴取などは、すべて捜査一課に籍を置く芦部の名前で行っている。今、芦部のもとには、所轄刑事の久留たちからの苦情、木栖自身からの苦情などがわんさと寄せられているに違いない。石松あたりが出ていけば話は早いのだろうが、それでは捜査一課が本格的に動いていることを、内外に知らしめることになる。

須藤は伝票をこれ見よがしに指で丸めながら、芦部に言った。

「まあそう言うなって。俺たちがこうやって動いていられるのは、おまえのおかげだ。だから、ここの払いは任せておけ」

「パフェとドリンクバーだけじゃ、割に合わないですよぉ」

「お代わりしてもいいぞ」

「そんなに食えません」

「上司の日塔《にっとう》には、俺の方からよく言っておくから」

日塔は捜査一課の警部補で、石松やかっての須藤とライバル関係にあった。虫の好かない男ではあるが、捜査官としては優秀だ。芦部は本来、日塔の部下なのだが、いきもの係の行動中は「運転手」として借り受けることになっているのだ。

「日塔警部補と須藤警部補は犬猿の仲って噂《うわさ》ですよ。逆効果じゃないんですか」

すかさず薄が言った。

「前も言いましたけど、それ迷信です。犬とサルはそんなに仲が悪くありません」

須藤は苦笑する。

「判ってるよ。おしどりもそれほど夫婦仲は良くないんだよな」

「さすが須藤さん、判ってますねぇ」

芦部はあきらめ顔で肩をすくめた。

「はいはい、判りましたよ。運転手は黙ってパフェを食ってますから、捜査の話を進めて下さい」

「芦部、おまえいいヤツだな」

「よく言われます。刑事としては、そう言われてもうれしくないですけど」

「それで薄、木栖について、どう思った」

薄はストローでオレンジジュースを飲み干すと、グラスを脇に押しやる。

「いい人だと思いますよ。ランも育ててるし」

「いい人とランは関係ないと思うがな」

「見た目が派手だから、誤解されやすいかもしれませんけど、わりとしっかりした人だと思います。だって、ちゃんと初心者であることを認めて、シンビジウムから育てているんですよ」

「だから、人格とランは関係ない。いずれにせよ、ヤツは第一容疑者だ」

芦部が口を挟む。

「でも、物証はないんですよね」

「ああ。状況証拠だけだ。しかし、動機はある。アリバイはない。屋敷への侵入など犯行も可能だった」

「でも木栖さんはどうやってあの写真の存在を知ったんでしょう？」

「それは……運転手の方から言ったのかもしれん」

「鉢の中に隠してあることも？」

「……うーん、それはないか」

薄が顎《あご》の先を指でいじりながら、言った。

「いずれにせよ、犯人は写真のことを知っていた。ではなぜ、犯人はランを持ち去らなかったんでしょう」

「ん？」

「寝室に置いてあったランです。犯人としては、あの写真は何としても隠したいものですよね。どうして残していったんでしょう」

「そりゃあ、水苔にからまって取りだせなかったからだろう」

「鉢ごと持っていけばいいじゃないですか」

「コチョウランだぞ、目立つだろう」

「茎を切ってしまえば、そんなにかさばらないですよ。鉢だけ抱えていても、そんなに目立たないと思うんです」

芦部もうなずきながら言った。

「どうしても持って出るのが嫌なら、一階のランの中に混ぜておく手もありましたよね。犯人は警部補たちがランを精査することを知らなかったわけでしょう？　寝室のランを一階にある大量のランの中に混ぜてしまえば……」

「あのランは会社が引き取ることになっていたんだ。いずれ、バレていただろう？」

「でも、木栖の立場からすれば、後日、持ちだすのは簡単だと思いますよ。こっそり持ちだしてもいいし、形見分けとか理由をつけて持っていくこともできなくはないですよ」

「それは……たしかにな」

「もう一つ、気になることがあるんです」

薄がさっと手を挙げて言った。

「何だ、薄」

「一階にあるランの部屋、あそこに並んでいた鉢の位置です」

「ずらっと綺麗に並んでいたじゃないか。日が当たるように、窓際に」

「それなんですよ。窓際すぎるんです」

「どういうことだ？」

「ランは日に当てる必要がありますが、直射日光だと強すぎる場合があります。だから、レースのカーテンを一枚引くとちょうど良くなるとされています」

「あの部屋はまさにそういう状態だったじゃないか」

「部屋は庭に面していましたよね」

「ああ、立派な庭だった」

「初めて部屋に入ったとき、窓を調べたんですけど、庭に直接下りられるようになっていて、そのための履物もありました。ホコリの具合から見ても、何度も開け閉めされていた様子がありました」

「おまえ、そんなことを調べてたのか。だが、窓の開け閉めと鉢の位置がどう関係する？」

「レースのカーテンですよ。窓際に鉢が並んだ状態で窓を開けるとどうなります？」

「……どうにもならんだろう」

「風が入ってきます」

「まあ、それはそうだな」

「風でレースのカーテンがめくれます。鉢があの位置にあると、カーテンが花に触れます。花を傷めるおそれがあるんです」

「あ……なるほど」

「ランの栽培を多少やった人なら、気をつけると思うんです」

「そうか。それでおまえ、ランを育てていたのが、高秀氏ではないと」

「はい」

芦部が言った。

「それを言うなら、木栖もですよ。あいつもランを育てているんですよね」

「だが初心者だ。そこまで気が回らなくても不思議じゃない」

「まあ、そうですけど」

薄は首を捻《ひね》る。

「うーん、たしかに木栖さんは怪しいけれど、なんかちぐはぐなんですよねぇ」

「でも、解決の糸口はそのへんにありそうですね」

芦部も腕を組みながら、薄の横でうなずく。

「行き詰まったときは現場に戻る。カビのはえた刑事の格言だが、ひとつやってみるか」

「そうですね。今は冬場だし、カビはなかなかはえませんよ」

「芦部、またひとっ走り頼む」

「了解です」

薄と芦部を先に行かせ、須藤はレジで勘定を払う。

店長らしき初老の男が、ニヤニヤとこちらを見ながら言った。

「いやあ、いいもんですねぇ。最近のコスプレはよくできてますよ。しかも、男二人連れてるってのもすごいですなぁ。えっへへへ」

須藤は男の鼻先に身分証を突きつけた。

「俺たちは本物だぁ!! てめえ、一遍、署に来るか？」

十

久留刑事は、玄関で仁王立《におうだ》ちとなっていた。車の止まる音を聞き、待ち構えていたらしい。

「やっぱり。またあなたがたですか！」

薄は親しげに手を上げた。

「こんにちは、クルリンさん」

「ひさどめです！　皆さんをお入れすることはできません。お帰り下さい」

須藤は憮然《ぶぜん》として言い返した。

「あんたにそんな権限はない。俺たちは仕事で来ている」

「あなたがたの仕事は花の世話です。事件の捜査じゃありません」

「石松から許可はもらってある」

「私は直属の上司から命令を受けています。いきもの係は中に入れるなって」

「所轄の刑事の命令と、捜査一課の警部補の許可。どっちが優先されるかは、説明するまでもないだろう」

「ここは、我々の現場です。部外者に荒らされるわけにはいきません」

「部外者とはどういう言い草だ！」

須藤は怒鳴りつけた。久留は怯《ひる》むことなく言い返してくる。

「そっちこそ。捜査権もないくせに口だしばかりして。どういうつもりなんです？」

「あのぅ……」

廊下の方から顔をだしたのは、中戸である。

「あまり大声をだされますと、ご近所から苦情がきますので」

須藤は中戸に向き直る。

「中戸さん、あなた、どうしてここへ？」

「社長が残したランが気になりまして。いえ、あなたがたを信用しないというわけではないのですが……」

「ちょうどいいところへ。高秀氏が寝室に置かれていたラン」

中戸の顔がさらに曇る。

「聞きました。中に何やらとんでもないものが入っていたとか」

「そのことで、もう一度、二階を見せていただきたいのです」

「そんなことを私に言われましても……。この屋敷は私のものではありませんし」

「我々としても、ここで引き下がるわけにはいかんのです」

久留の頰《ほお》がさっと赤くなった。

「勝手に押しかけておいて引き下がれないとは、何て言い草です」

「所轄の刑事の分際《ぶんざい》で……」

「あなたこそ、総務部のくせに！」

二人の間で、中戸はオロオロするばかりだ。

「あの、お願いです。もう少し声を落として……」

須藤は言った。

「こうなったらこっちのメンツもある。石松に報告して、徹底的にやるぞ」

「どうぞ、おやり下さい。我々、所轄刑事課も全面的に争います。今から全員呼集をかけ、ここで徹底的に……」

「止めて下さい！」

中戸が悲鳴のような声を上げた。

「高秀社長が亡くなられたことは、会社にとって大きなダメージなんですよ。その上、妙な写真が出ただの、事故死ではなく殺人かもしれないだの、そんなことがマスコミにもれたら、一大事です」

中戸は久留に深々と頭を下げた。

「ここはどうか、穏便に収めていただけないでしょうか。騒ぎが起きるのだけは」

一般人である中戸に頭を下げられ、久留は居心地悪そうにうつむいた。

「し、しかし、これはあくまで警察の仕事ですから」

須藤も言った。

「久留刑事、俺も少し熱くなりすぎた。すまない。ただ、俺も元刑事だ。気になることをそのままにしておけない。メンツの問題もあるだろうが、もしかしたら、殺人犯を見逃すことになるかもしれないんだ。頼む。これが最後だ」

須藤もまた、中戸に負けじと頭を下げた。

久留ががっくりと肩を落とす。

「判った、判りました。ただし、あくまで私の一存ですよ。上には内緒ということで」

「恩に着るよ」

須藤は薄とともに、靴を脱ぐ。そのまま廊下を進み、細く急な階段の前に立った。二人の後ろには、中戸、久留の順で続く。中戸は途方に暮れた顔、久留は不審と怒り相半《あいなか》ばといった顔である。

「薄、この現場をどう思う？」

「細くて急ですねぇ」

「検死報告では、中段から一気に転げ落ちたとある」

「もし高秀氏が誰かに突き落とされたと考えるなら、犯人は当然、高秀氏の後ろに立っていたことになりますね」

「そうだな。階段は一人がやっと通れるほどの幅しかない。もし犯人が一階で待ち伏せていたとすれば、高秀氏は階上に逃げようとするだろうし、いずれにせよ、犯人と激しい争いになったはずだ」

「遺体にそんな痕跡はなかったんですよね」

「ああ」

「となると、犯人は二階のどこかで高秀氏が起きるのを待っていたことになります」

「階段を下りようとする高秀氏の背後に忍びより、押した」

「二階に犯人が身を隠せるような場所、ありましたっけ？」

須藤は薄と階段を登る。

登りきったところの真正面が、寝室。左側は壁で、右側に短い廊下が伸び、その先に書斎がある。書斎の扉は今日は閉まっている。

「廊下に物はないので、身は隠せそうにありませんね。となると……」

「あの部屋の中か」

須藤は書斎の襖扉に手をかけて開く。中の様子は前回見たときと変わらない。

「犯人は深夜、屋敷に侵入。ここに潜んで、朝を待ったわけだ」

久留がキンキンとよく響く声で言った。

「そんなはずないです。この部屋だって、鑑識がきちんと調べたんです」

「それはそうだが、あくまで事故死の線で、ざっと洗っただけだろう？」

「それでも……」

「犯人はなかなか狡猾《こうかつ》なヤツだ。高秀氏は結月さんの件があってランの栽培を止めていた。だが、それを知っていた者はいない。使用人は解雇されていたし、石松からの追加資料によれば、通いのお手伝いは奥の間を一度も見ていないらしい。それを利用したんだな。ランをあちこちからかき集め、事件当日の深夜、奥の間へと運びこむ。必要な道具も用意した。早朝、犯人は何らかの方法で、高秀氏を起こす。何か物音でもたてたんだろう。そして、階段を下りようとした高秀氏を突き落とし、その後、手袋をはめるなど偽装工作を行った。事故死のできあがりさ」

久留は不満そうに頬をふくらませる。

「お言葉ですが、警部補こそ、考えすぎだと思います。推理を通り越して、邪推です」

須藤は構わずに続ける。

「犯人のミスは、俺たちのような者が、事件後に乗りこんできて、ランをあれこれ調べるとは思っていなかったことさ。薄のせいで、偽装はすべてバレた。第一容疑者も浮かんでいる。あとは物証だけさ」

久留はやってられないとばかり、そっぽを向いてしまう。

「薄、どうだろう？　やる価値はあると思うか？」

「ありますね。絶対に何か痕跡を残しているはずです」

「そう言えばあいつ、ランを育ててるとか言ってたな。ビジン……何とか」

「シンビジウム」

「そうだ。その痕跡とか見つかるんじゃないか？　花びらとか、肥料の成分とか」

「うーん、どうですかねぇ。でも、よーく調べれば、何か見つかるかもしれませんね」

「よーし。明日の朝からやる。徹底的にやって、ヤツのしっぽを摑む」

久留が割りこんできた。

「そんなこと、勝手に決めないで下さい」

「石松の方から、あとで正式な要請がいくだろう」

「強引すぎます」

久留を無視して、須藤は中戸に頭を下げた。

「そういうことですので、明日、もう一日、お騒がせすることになりそうです」

中戸もまた、久留同様、不満げであったが、警察相手に何を言っても無駄と思っているのだろう。不承不承、うなずいた。

「よし、そうと決まれば、一度、警視庁に戻る。石松に話をしなくちゃならん」

一方、久留も憤懣やる方なしといった体で、廊下を進んでいく。

「こんなこと、許せません。刑事課長に直訴します」

「ああ、好きにしろ」

中戸は中戸で、暗い顔で首を捻る。

「とりあえず、広報と打ち合わせをします。明日はなるべく穏便にお済ませ下さい」

石松のヤツ、今の状況を聞いたら頭を抱えるだろう。だが、それは仕方がない。これが、警視庁いきもの係のやり方なのだから。

十一

日本家屋の夜がこれほど冷えるとは。コートを持ってこなかったことを、須藤はしみじみ後悔する。横にいる薄は分厚い靴下に手袋まで持参している。

「防寒は、フィールドワークの基本ですよぉ」

そんなことを言いつつ、退屈そうにあくびをする。

「まだですかねぇ」

「張りこみってのは、こっちの都合では進まないものなんだ」

「そう言えば、前にも何度か、こんなことやりましたねぇ」

「あれは、ヨウムのときだったか。愉快だったな」

「あの子、元気にしてるかなぁ」

「いかんいかん、おまえといると調子が狂う。今は張りこみだ」

「でも、こんな手に引っかかるでしょうか」

「大丈夫だ。あの部屋はヤツにとってのアキレス腱《けん》だ。きっと来る」

「早川健《はやかわけん》なら知ってますが、アキレス・ケンは知らないです」

「そもそも人名じゃない。て言うか、早川健って誰だ？」

「知らないんですか？　有名な探偵でどんな犯罪でもズバット……」

階下でかすかな物音がした。

「薄、静かに。おでましだ」

「私はニンニク増しで」

「うるせえ。無事に解決したら、ラーメン、食わせてやるよ。ニンニクマシマシでな」

「了解。ズバット解決しますよぉ」

「だから静かに」

廊下を進むギシギシというきしみ音が聞こえる。

須藤たちがいるのは、高秀邸の二階にある寝室だ。日暮れ前に屋敷に入り、そのまま何時間が経過しただろうか。手洗いのことを考え水分も取れず、光がもれることを考え携帯をつけることもできない。今が何時なのか、正確なところは判らない。

薄がつぶやいた。

「今、午前二時半ごろですよ」

「どうして判る？」

「何となくです」

「動物みたいなヤツだな」

「須藤さん、人間はヒト亜族に属する動物の総称……」

「静かに」

侵入者は階段下まで来たようだ。屋敷内に誰もいないと高をくっているのだろう。足早にスタスタと登ってくる。屋敷内の間取りにも詳しいとみえ、階段を登りきると、廊下を右に進む。すぐにガラリと襖扉の開く音がした。

須藤は頭の中で十秒数える。

「薄、行くぞぉ」

立ち上がると、懐中電灯をつけた。

「待ってたぞ」

光の輪の中に、中戸伴羽が浮かび上がった。手には、黄色いシンビジウムの花びらが握られている。

十二

「中戸はすべてを自供したそうです」

ハンドルを握る芦部が言った。後部シートに薄と並んで座る須藤は、流れゆく外の景色をぼんやりと眺《なが》めながらきく。

「後継者指名が、直接の動機か?」

「ええ。高秀氏は来年引退し、後継者として木栖氏を指名するつもりでいたようです。長年、パートナーとして働いてきた中戸としては、たまらなかったんでしょう」

「それで、高秀氏を殺害、その罪を木栖氏になすりつける計画を実行に移したってわけか」

「深謀遠慮というか、すさまじい執念を感じますねぇ。亡くなった奥さんの浮気をでっち上げるところからスタートしてるんですから」

「あの写真も結局はでっち上げだったわけだろう。それにしても、よくできていたよな」

「鑑識で調べたんですが、手が加えてあったのは、あの社章だけでした」

「ということは、あれは偶然撮れたものか」

「ええ。今となっては、夫人の横にいた男性が誰なのかも判らないそうです。パーティーか何かに出席した際、偶然、撮れたもののようです」

「撮ったのは、中戸か」

「話を聞いて、ちょっと複雑な気分でした。中戸の自宅からは、高秀結月を撮った写真が何百枚と出てきたんだそうで」

須藤もまた複雑な思いに囚《とら》われる。

「そうか」

「中戸本人は、後継者に指名されなかったことに対する怒りと主張しているようですが」

「それだけじゃない……か」

「そうでなければ、何百枚も写真を秘蔵していた説明がつきません」

「まずは運転手が持っていたランに写真を仕込む。社長の右腕であった中戸なら、入院中の本田宅に上がりこむことだってできた。家人の隙を見て、写真を仕込んだんだな。高秀氏にランを遺贈するよう吹き込んだのも、もしかすると中戸かもしれん。そして計画通り、ランは高秀氏に渡り、写真が見つかる」

「激高した高秀氏は、それまで大切に育てていたランを処分してしまった」

「そのへんの行動も予想していたんだろう。何しろ、長い付き合いだったようだから。その後中戸は高秀氏に近づき、写真のことを告白させる。そして、木栖のことは自分に任せるよう説き伏せる。あとは頃合いを見て、屋敷に侵入、事故に見せかけ高秀氏を殺す」

「一方で、ランをあちこちからかき集め、部屋に並べた。疑いが木栖に向かうよう仕組んだんですね」

「ああ。どこからか、俺たちのことを聞きこんだんだろう。蜂《はち》やアロワナの事件で、いきもの係の存在はけっこう表に出ているからな」

「事故死で片づきかけたものを、わざとひっくり返し、濡《ぬ》れ衣《ぎぬ》を被《かぶ》せようとした。まさに執念ですね」

「危うく、俺らも乗せられるところだったよ」

「もし木栖がランを育てていなかったら、危ないところでしたね」

「ああ。久留刑事の協力もあって、ギリギリ、中戸を誘い出すことができた」

「彼女の剣幕、すごかったそうですね。演技には見えなかったって」

「案外、彼女の本心だったかもしれんがな」

「でもまあ、解決して良かったです」

「まあ、今回も薄のお手柄……」

須藤の横で、薄は鼻ちょうちんをふくらませていた。

「おい、薄！　起きろ!!」

「は、はい！　むにゃ……」

「俺らを連れだしたのはおまえなんだぞ。で、行った先に何があるんだ？」

芦部がナビと首っ引きになりながら言う。

「僕が聞いているのは、住所だけですから。そこに何があるのか、知らないんです」

薄は目をこすりながら、窓の外を見る。

「ああ、もうすぐです。そこの角を曲がった先」

芦部が急ハンドルを切る。タイヤをきしませつつ、車は細い路地へと入った。路地の先には厳めしい観音扉があり直進できないが、扉の手前には三台ほどの駐車スペースがあった。

車を駐め、念のため、芦部を残す。

薄は車を飛び降りると、扉にあるインターホンと思《おぼ》しきボタンを押した。

やがて、何の応答もないまま、扉が開き始める。人が開けているのではない。自動だ。

「薄、なんなんだ、ここは？」

「台湾の実業家の方の別荘です。趣味のランをここで育てているんです」

「趣味ぃ!?　この屋敷というか……敷地《しきち》がか？」

「もともと別荘として購入されたそうですが、自然と調和した木々や植物が気に入って、すべてそのまま残してあるんですって」

「はぁ。日本人とは考え方のスケールが違うな」

「ちょっと思うところがあって、ラン好きな人たちにお願いして、あちこち連絡してもらったんです。そしたら、こちらでコンゴ！」

「ビンゴな」

敷地は鬱蒼《うっそう》とした木々に覆われ、敷地がどこまで続いているのか、家屋があるのかないのかも判らない。時折、枝葉の間から、透明のドーム状になったものがいくつか見えた。

「薄、あれは何だ？」

「温室です」

「宇宙人の秘密基地みたいだな」

「あ、あれです！」

視界が開け、芝生を敷いた円形の広場に出た。真ん中には木造の小屋がある。薄はドアノブに手をかけると、何の遠慮もなく手前に引く。

「おい、薄、いいのか、勝手に……」

そう言いかけた須藤は、中の光景を見て絶句する。

南側の大きな窓から、さんさんと注ぐ日の光を受け、白く可憐な花々が、まるで滝のように咲き誇っていた。コチョウランが部屋を埋めている。

薄は微笑みながら、須藤を見上げた。

「高秀さんのコチョウランです」

「何？　いや、だって、彼はランの栽培を……」

「止めていなかったんです。こちらの方にお願いして、すべて預かってもらったんだそうですよ」

「捨てたわけじゃなかったのか……」

「高秀さんは、あの写真が捏造《ねつぞう》であると、判っていたんだと思います。結月さんを信じていたんですね。だから、引っかかったフリをして……」

「なるほどな。犯人を突き止めようとしたのか」

「こんな結果になって、残念です」

「ああ。本当だ」

「でも、さっき木栖さんから連絡があったんですよ。このラン、全部、引き取ってくれるそうです。お屋敷にあったものも含めて」

「そうかぁ。それは良かった。高秀氏の花は、受け継がれていくわけか」

「ええ、良かったです。とっても」

そう言う薄の目は、ちょっぴり寂《さび》しそうでもあった。

── 参考文献 ──

「タカを愛した容疑者」

『鷹のように帆をあげて』 まはら三桃・著 講談社

『鷹匠は女子高生！』 佐和みずえ・著 汐文社

『鷹の師匠、狩りのお時間です！』１～２巻 ごまきち・著 星海社 COMICS

『ザ・猛禽類 飼育・訓練・鷹狩り・リハビリテーション』 波多野鷹・著 誠文堂新光社

『鷹匠ものがたり』 土田章彦・文 野沢博美・写真 無明舎出版

「アロワナを愛した容疑者」

『ザ・古代魚 生きている化石魚たちの飼育と楽しみ方』
文・写真 小林道信 誠文堂新光社

『ザ・大型熱帯魚』
熱帯魚マニアによる飼育書制作委員会・文 小林道信・写真 誠文堂新光社

『ザ・レッドアロワナ 紅龍をより赤く育てる飼育テクニック』
大谷昴弘・文 小林道信・写真 誠文堂新光社

『絶滅危惧種ビジネス 量産される高級観賞魚「アロワナ」の闇』
エミリー・ボイト・著 矢沢聖子・訳 原書房

「ランを愛した容疑者」

『別冊 NHK 趣味の園芸 洋ランの育て方完全ガイド』NHK 出版

『NHK 趣味の園芸 12 か月栽培ナビ３ コチョウラン』 富山昌克・著 NHK 出版

『やさしい洋ランの育て方事典』 広田哲也・監修 成美堂出版

『園芸家 12 カ月』 カレル・チャペック・著 小松太郎・訳 中公文庫

『蘭に魅せられた男 驚くべき蘭コレクターの世界』
スーザン・オーリアン・著 羽田詩津子・訳 早川書房

解説

末國善己（文芸評論家）

一般社団法人ペットフード協会の二〇二一年の調査によると、日本では犬が七一〇万六千頭、猫が八九四万六千頭ほど飼われていると推計されるとのことです。これに文鳥やインコなどの鳥類、金魚や熱帯魚などの魚類、爬虫《はちゅう》類、両生類、昆虫などを合わせると、日本で飼育されているペットの数はもっと多くなるはずです。

普段は問題なく飼育できるペットですが、災害大国の日本では、ひとたび災害に見舞われると、ペットをどのように避難させるか、避難所や仮設住宅で一緒に暮らせるのかが問題になります。ペット避難は、二〇一一年三月十一日に発生した東日本大震災でクローズアップされ、現在もペットの避難方法については議論が続いています。

ペットを飼っている誰もがいざという時の対処法を考えるようになってきただけに、突然、逮捕、勾留された容疑者や、命を奪われた被害者のペットを保護して世話をする警視庁総務部総務課動植物管理係（通称「警視庁いきもの係」）を考えた著者の想像力は、時代を先取りしていたといえます。

といっても「警視庁いきもの係」は、動物愛護団体の指摘を受けて作っただけの閑職で、専従職員は、二十六歳の薄圭子《うすきけいこ》巡査一人でした。ただ千百五十三名の応募から一人採用された薄巡査は、獣医師の免許はもちろん、動物に関する様々な資格を有するエキスパート。この薄巡査のパートナーになるのが、須藤友三《すどうともぞう》警部補。警視庁捜査一課で「鬼刑事」の異名をとるほど敏腕だった須藤警部補ですが、職務質問中に拳銃で頭部を撃たれて重傷を負い、リハビリルームと呼ばれる総務部総務課の課長代理心得になります。そこで薄巡査に出会い、動物が関係する数々の事件に巻き込まれることになりました。これに、須藤警部補の警察学校の同期で捜査一課時代はライバルだった石松和夫《いしまつかずお》警部補、須藤警部補の宿敵ともいえる日塔《にっとう》警部補、総務部総務課の事務職員・田丸弘子《たまるひろこ》、捜査一課管理官・鬼頭勉《きとうつとむ》警視らが、シリーズを支えるメンバーです。

シリーズ第五弾となる本書『アロワナを愛した容疑者』は、第二弾『蜂に魅《ひ》かれた容疑者』で蜂を使ったテロを計画した新興宗教団体「ギヤマンの鐘」が、「警視庁いきもの係」に復讐すべく暗躍するので、本格ミステリの面白さに加え、サスペンス小説としても楽しめるようになっています。

これまで薄巡査は、容疑者や被害者のペットを保護していましたが、「タカを愛した容疑者」では薄巡査自身が容疑者になってしまいます。

薄巡査は、黒潮大蛇行の調査をするため海に出た海洋学者の友人が飼っているタカの世話をするため、休暇を取って山梨県との県境にある友人の家に滞在していました。友人の名前は「拝《おがみ》あざみ」、タカの名前が「一刀《いっとう》」なのは、小池一夫《こいけかずお》原作、小島《こじま》剛夕《ごうせき》画の時代劇劇画『子連れ狼』の主人公・拝一刀、物語の開始時点で故人となっていた妻の拝薊《あざみ》(「あざみ」の表記もあり)を意識した設定と思われます(作中には「大五郎《だいごろう》」というハリスホークも登場しますが、「大五郎」は一刀、薊の息子です)。

事件の被害者は独居老人の出渕榮太郎《いづぶちえいたろう》です。榮太郎は、飼っていたシーズーが行方不明になったのは「一刀」が餌として持っていったからと考え、世話をしている薄巡査とトラブルになったといいます。榮太郎には甥《おい》の七郎《しちろう》がいましたが、二人は時折、食事をするほど仲がよく、榮太郎に殺してまで奪うほどの財産がないことから、アリバイがない七郎ではなく、薄巡査に疑惑の目が向けられることになったのです。

江戸川乱歩はミステリ論「顔のない死体」の中で、「従来探偵小説に使用せられた、おびただしいトリックの中に、『顔のない死体』と名づける一連のトリックがある」と書いています。これに対し本作は、被害者は全身を執拗《しつよう》に殴打されたのに、なぜか顔面への攻撃は最小限に抑えられていたという、いわば〝逆顔のない死体〟とでもいうべき状況が作られています。本作はミステリの古典的なトリックへ挑戦状を叩き付けたといえるだけに、何気ない一文に隠された伏線がまとまり意外な真相を浮かび上がらせる後半の謎解きには圧倒されるでしょう。

須藤警部補によって薄巡査の説明が中断した「最後の鷹匠」の「武田宇市郎《たけだういちろう》」は、一九九二年に七十七歳で亡くなるまで、秋田県雄勝郡羽後町《おがちぐんうごまち》で伝統の鷹狩りを続けた実在の人物で、その人生は、野沢博美《のざわひろみ》の写真集『鷹匠』、宇市郎をモデルにした藤原審爾《ふじわらしんじ》の小説『熊鷹　青空の美しき狩人』などでうかがい知ることができます。

倒叙ものの刑事ドラマ『刑事コロンボ』のファンとして知られる著者は、女性刑事版『刑事コロンボ』ともいえる〈福家警部補《ふくいえ》〉シリーズを発表しています。人事交流で京都に派遣された福家警部補が、須藤警部補にアジアアロワナの密輸事件の捜査を依頼する「アロワナを愛した容疑者」には、福家警部補の相棒で機動鑑識班の二岡《におか》刑事も登場しているので、著者の人気シリーズ二つが夢の共演を果たしたといえます。

薄巡査らが所属する警視庁総務部総務課動植物管理係は架空の部署ですが、警視庁には希少な動植物の密輸、密売事件を捜査する生活安全部生活環境課環境第三係（通称「生きもの係」が実在しています。本作は、シンガポールで強奪され日本に密輸されたアジアアロワナが重要な役割を果たすので、架空の警視庁「いきもの係」と実在する警視庁「生きもの係」がリンクしているところも読みどころといえます。

ネットにアップされた動画から、シンガポールの実業家ウェイン・ウンに重傷を負わせ盗まれたアジアアロワナが、日本で飼育されている可能性が高まります。薄巡査によると、絶滅危惧種のアジアアロワナは養殖されたなど一定の条件を満たせば輸出は可能ですが、商取引そのものを禁止している国もあり、それでも入手したい好事家のためにフィッシュ・マフィアが暗躍しているとのことです。折しも政権与党の有力者・馬力階次郎《まりきかいじろう》の末っ子・光吉《みつよし》の死体が自宅の高級マンションの部屋で発見され、現場からはシンガポールで強奪されたアジアアロワナも見つかります。

光吉が殺されたのがアジアアロワナの密輸と関係しているのかを確かめるため、薄巡査たちは、かつて希少動物の密輸に手を染めたものの今は改心して真っ当なペットショップを営む男らから事情を聞くなどしますが、その間にも、息子の不祥事を揉《も》み消したい階次郎から捜査に圧力がかかったり、アジアアロワナを取り戻すためウェイン・ウンが二人組の男を送り込んだりするので、スリリングな展開が続きます。

本作の犯人はシリーズの中でも一、二を争うほど狡猾《こうかつ》なので、警視庁いきもの係は動物に詳しいからこそ犯人の罠に搦《から》め捕られ苦戦を強いられます（ミステリに詳しい読者は、エラリー・クイーンの幾つかの作品を想起するかもしれません）。サスペンスいっぱいに進んだ物語は、薄巡査のロジカルな推理で幕引きとなる本格ミステリとして終わりますが、後味の悪さが残ります。ここには、今も法律や倫理を無視して希少動物の密輸が続いている現状への批判が込められているように思えてなりません。

総務課動植物管理係は、動物だけでなく植物も担当する部署ですが、これまでは動物がらみの事件を解決してきました。「ランを愛した容疑者」では、薄巡査たちが初めて植物が関係する事件に挑むことになります。おそらく本作は、ランの愛好家が甥の殺害を計画する『刑事コロンボ』の一作『悪の温室』のオマージュでしょう。

〈警視庁いきもの係〉シリーズは、二〇一七年七月九日から九月十日まで、フジテレビ系列でドラマ化されました。キャスティングは、薄巡査が橋本環奈《はしもとかんな》、須藤警部補が渡部篤郎《わたべあつろう》でした。ドラマにはオリジナルのキャラクターとして、動植物管理係が入っている警察博物館の受付でヘビ好きの三笠《みかさ》巡査（演じたのは、石川恋《いしかわれん》）が登場しました。本作にはテレビドラマから逆輸入する形で、三笠巡査が顔を出しているので、こうした著者の遊び心を探しながら読むのも一興です。

豊島区目白の広大な自宅で、ベンチャー企業を経営する高秀殿和《たかひでとのかず》が階段から落ちて死亡します。高秀は革新的なコピー機やプリンターを製造販売する高秀プリントを創業し成功させましたが、ワンマン経営が原因で会社を追われ、新たに高秀印刷を興して再び業界に衝撃を与えていました。高秀は、亡くなる二週間前に自宅で働く使用人を全員解雇し、それ以降の食事や掃除は、家政婦紹介所の派遣に任せていましたが、警察の初動捜査では事件性はないと判断され、事故として処理されようとしていました。

高秀は年の離れた結月《ゆづき》と結婚していましたが、十年前に死別。結月の趣味だったラン（胡蝶蘭《こちょうらん》）の栽培を引き継いだ高秀は、持ち前の凝り性を発揮して花に興味がないところから、高度な栽培技術を身に付けるまでになっていました。ところが高秀の育てたランを見た薄巡査は、階段からの転落は事故でなく殺人だと断言します。

「アロワナを愛した容疑者」ではアロワナに代表される古代魚愛好家たちのディープな世界への言及がありましたが、ランの魅力に取り憑かれ、保護区に侵入して貴重な「幽霊蘭《ゆうれいらん》」を盗み出すなどした園芸コンサルタントを追ったスーザン・オーリアンのノンフィクション『蘭に魅せられた男　驚くべき蘭コレクターの世界』が書かれたことからも分かるように、ランに情熱を傾けているマニアも多いようです。そのため本作では、薄巡査が栽培のノウハウなどランの情報を徹底して解説していきます。これらに加え、高秀の人生や結月との結婚生活なども手掛かりとして組み立てられる薄巡査の推理は緻密で、初の植物ものということもあり、ラストにはシリーズの原点に回帰したかのような切れ味があります。

なお、薄巡査が「園芸家のバイブル」と絶賛する『園芸12ヵ月』を書いたカレル・チャペックは、ロボットという言葉を広めた戯曲『ロボット R.U.R』、風刺SF『山椒魚《さんしょううお》戦争』などの作者としても有名です。

〈警視庁いきもの係〉シリーズは、田丸弘子が行方不明になった事件がワールドワイドな規模になる第六弾で『蜂に魅かれた容疑者』以来となる二本目の長編『ゾウに魅かれた容疑者』が刊行されています。本書に収録された「アロワナを愛した容疑者」では犯人と福家警部補の対決が暗示され、「ギヤマンの鐘」は探偵の犬頭光太郎《いぬあたまこうたろう》が不動産に関するトラブルを解決する〈問題物件〉シリーズにも顔をのぞかせているので、〈警視庁いきもの係〉シリーズは著者の別の作品とも結び付いてきています。本書を機に、著者の名人芸が発揮された他のミステリにも、手を伸ばしてみてください。

この作品は、二〇一九年六月に小社より単行本として刊行されたものです。

この作品はフィクションです。登場する人物、団体、場所は、実在するいかなる個人、団体、場所等とも一切関係ありません。

|著者| 大倉崇裕　1968年京都府生まれ。学習院大学法学部卒業。'97年『三人目の幽霊』で第4回創元推理短編賞佳作を受賞。'98年「ツール&ストール」で第20回小説推理新人賞を受賞。落語を愛好し、登山を趣味とし、特撮や怪獣、海外ドラマに造詣が深い。近年では劇場版『名探偵コナン』の脚本等も手掛けている。多くのシリーズ作品を刊行し、『福家警部補の挨拶』は2009年と'14年に、『白戸修の事件簿』は'12年に、「警視庁いきもの係」シリーズも'17年にテレビドラマ化、大反響を呼んだ。『死神さん』も'21年にHuluでドラマ化された。本書は『小鳥を愛した容疑者』『蜂に魅《ひ》かれた容疑者』『ペンギンを愛した容疑者』『クジャクを愛した容疑者』に連なるシリーズ第5弾にあたる。他の著作に「問題物件」シリーズ、『琴乃木山荘の不思議事件簿』など多数。

アロワナを愛《あい》した容疑者《ようぎしゃ》　警視庁《けいしちょう》いきもの係《がかり》
大倉崇裕《おおくらたかひろ》

講談社文庫
定価はカバーに
表示してあります

2022年4月15日第1刷発行

KODANSHA

発行者――鈴木章一
発行所――株式会社　講談社
東京都文京区音羽2-12-21　〒112-8001
電話　出版（03）5395-3510
　　　販売（03）5395-5817
　　　業務（03）5395-3615
Printed in Japan

デザイン―菊地信義
本文データ制作―講談社デジタル製作
印刷――株式会社KPSプロダクツ
製本――株式会社国宝社

ISBN978-4-06-527620-4

講談社文庫刊行の辞

二十一世紀の到来を目睫に望みながら、われわれはいま、人類史上かつて例を見ない巨大な転換期をむかえようとしている。

世界も、日本も、激動の予兆に対する期待とおののきを内に蔵して、未知の時代に歩み入ろうとしている。このときにあたり、創業の人野間清治の「ナショナル・エデュケイター」への志を現代に甦らせようと意図して、われわれはここに古今の文芸作品はいうまでもなく、ひろく人文・社会・自然の諸科学から東西の名著を網羅する、新しい綜合文庫の発刊を決意した。

激動の転換期はまた断絶の時代である。われわれは戦後二十五年間の出版文化のありかたへの深い反省をこめて、この断絶の時代にあえて人間的な持続を求めようとする。いたずらに浮薄な商業主義のあだ花を追い求めることなく、長期にわたって良書に生命をあたえようとつとめるところにしか、今後の出版文化の真の繁栄はあり得ないと信じるからである。

同時にわれわれはこの綜合文庫の刊行を通じて、人文・社会・自然の諸科学が、結局人間の学にほかならないことを立証しようと願っている。かつて知識とは、「汝自身を知る」ことにつきていた。現代社会の瑣末な情報の氾濫のなかから、力強い知識の源泉を掘り起し、技術文明のただなかに、生きた人間の姿を復活させること。それこそわれわれの切なる希求である。

われわれは権威に盲従せず、俗流に媚びることなく、渾然一体となって日本の「草の根」をかたちづくる若く新しい世代の人々に、心をこめてこの新しい綜合文庫をおくり届けたい。それは知識の泉であるとともに感受性のふるさとであり、もっとも有機的に組織され、社会に開かれた万人のための大学をめざしている。大方の支援と協力を衷心より切望してやまない。

一九七一年七月

野間省一